すべって、ころんで、さあタンゴ！

芳賀 倫子
Haga Michiko

風媒社

はじめに

約三十年にわたって書き綴ってきたエッセイをまとめて出版することにしたものの、その大変な量に呆然とする思いでした。

元々は、『いろり舎』という同人誌へ「言うのは簡単」というシリーズで寄稿していたものですが、十五年ほど前に『いろり舎』は廃刊となり、その後は機会を見つけては、あちこちへ書いてきました。感動したり怒ったり、はたまた、泣いたり笑ったり、心の内をぶつけるようにして書いたものです。腹立たしいことも、少し角度を変えてユーモアを交えてみれば、まぁ、その程度のことか、と自分を納得させることもできました。いろいろな経験をしてきましたが、書くということで心の平静を保ってこられたようにも思います。「有難きかなエッセイ」であります。

二〇二〇年春に、『かすがいエッセイクラブ』創立二十周年を迎えるに当たり、約五百編の中から六十編に絞って読んでいただこうと思い、編集作業に入りました。ところが、なかなかどうして、あれも読んでほしい、これも読んでほしいと選ぶのは難しいものです。「選りすぐった挙げ句がこれかよ」と言われそうですが、ライターの業《ごう》と言いましょうか、取捨選択にかなり苦労しました。

タイトルの『すべってころんで、さあタンゴ！』の「すべってころんで」は波乱の多かった人生から取り、「さあタンゴ！」は、七十の手習いで始めた社交ダンスから取りました。いつかはダンスを習いたいと思いつつ果たせないまま七十を過ぎ、さあ、もう立ち上がらなければと思い、始めたものです。これが私の毎日をたいへん楽しくしてくれました。グループレッスンだけでは物足りず、個人レッスンを受けるようになり、さらにはメダルテストにも挑戦。アスリートのように燃えております。二十代イケメン先生のリードで踊るタンゴは一人前の舞姫になったような気分で悪くないのです。しかも足腰がしっかりしてきたのは嬉しいオマケでした。こうなれば、死ぬまで踊り続け、自力でカンオケへ飛び込みたいものと頑張っているところです。

後期高齢者になった今、いつまで書き続けられるか判りませんが、たとえ、さざ波のようなシワが増え、老眼鏡を二つ三つ重ね付けしようとも、日々、暮らしの中で見つけた出来事を私なりに掬い取り、楽しくエッセイとしてまとめていけたらと念じています。

本書を刊行するに当たり、初めに書く場所を提供していただいた『いろり舎』（八木三津男舎主）の皆様、いつも励ましていただき有難うございました。

かすがいエッセイクラブの方々にはパソコンの指導、資料の提供などでたいへんお世話になり感謝いたしております。

さらに、風媒社の劉永昇編集長には多大にご尽力戴き厚くお礼申しあげます。

そして、風媒社の創業者・故稲垣喜代志氏には永年に渡りたいへんお世話になりました。ご存命のうちに刊行できなかったことをお詫びしつつ、衷心より墓前に捧げます。

目次

ここが好き、あそこが嫌い　テレビ・映画の鑑賞から　121

今日という日があればこそ

良くも悪くも母は母

浅田舞さんがテレビ番組のリポーターとして、春日井市の『日本自分史センター』へやって来たのは、六月二十二日のことであった。

舞さんは、あの美人姉妹の上のお方である。美人度で言ったら真央さんより高いかも知れない。

その日は、たまたま私が相談員として席に着いていた。

できれば、一緒のフレームには収まりたくないと思っていた。ところが、あろうことか隣り合わせで映るハメになってしまった。張り合うつもりはさらさらないが、一緒にテレビに出るのは勘弁してほしいわ、という心境であった。結果は無残！

今は、絶対に出たくないと思っているテレビだが、昭和三十年代テレビの草創期には、いつかは出てみたいと思っていた。ある種のステータスが得られるような、出れば人生が変わるような、そんな気がしていた。

中学三年の時に、そのチャンスはやってきた。中学校合唱コンクールというのがあって、我が校がテレビに出ることになったのだ。今でこそこんな声だが、当時はソプラノパートでならしたものだった（?）。そこで張り切ったのが母親で、「そりゃあ大変、テレビを買わなきゃ」ということになり、コロンとしたテレビが床の間に鎮座することになった。

困ったのは合唱コンクール出場の後である。

中学三年と言えば高校受験の年だ。今ほど受験競争が激しくなかったとはいえ、一応、受験勉強らしきものは必要である。イヤイヤでも何でも机に向かって「さぁ、やろう」と思った途端、「みっちゃん、『事件記者』だよ〜」とか、「『お笑い三人組』だよ〜」と声が掛かる。当然、これ幸いとばかりにテレビを観る。有難いけど迷惑な話であった。

この母親は、なぜか私が受験というと、何か大きな決断をする。次の決断は大学受験の年であった。なんと家の建て替えを敢行したのである。老朽化が進んだ家ではあったが、何も娘が受験の時にすることはないだろうに。

家族は近所に間借りしたのだが、肝心の受験生の私が住むには狭すぎる。そこで同じく家族枠からはみ出た祖母を連れて、別の借家へ行くことになったのだ。今どきの年寄りと違って、昔は六十代ともなれば立派な御隠居さんである。極端な話、自分で息をしているだけであまり役には立たない。仕方がないので、学校の帰りに買い物をして、祖母を養っていたのである。しかも渡された生活費の中から貯金までして母親を歓喜させ、どこまでデキた受験生だったのだろう。今考えても涙が出る。

結局、新築した家に引っ越したのは暮れも押し詰まってからであった。我が家の皆は「新居で正月が迎えられる」と沸き立っていたが、受験生としては、「何だか腑に落ちない」気分であった。

しかし、健気な私はこれからは死ぬ気で頑張ろうと決意し、以降、受験まで布団に入って寝るのはよそうと、覚悟したのだった。そしてなんとか目的を果たしたのだが、一番喜んだのが母親であった。自分の手柄のように、「この子は逆境に強くて」と、人に自慢しまくるのだ。その度に「逆境を作ったのはアンタだ」と、思ったものだった。

ただ、最近になって思うのだが、あの時身に付けた知識は、今もって全然忘れていないということである。『方丈記』も『枕草子』も『徒然草』も『平家物語』もすらすらと出てくるのだから不思議だ。恐るべし集中力。人生、何が良くて何が悪いかなんて誰にもわからない。

まったくおかしな親ではあったが、故人の中で誰に一番逢いたいか、と問われたら「母親」と答えるだろう。変でも何でも母は母であった。一番似てると言われているし。

昭和の鳩さん、見てますか

『イラストで見る昭和の消えた仕事図鑑』（澤宮優・平野恵理子著）を大変、興味深く読んだ。

電話交換手、金魚売り、紙芝居屋、アイスキャンデー売り、ポン菓子屋、灯台守、下宿屋、貸本屋……、昭和を彩った仕事の数々を収録した図鑑である。

私の知る昭和の職業の中に、「筆耕」という職業があった。文書の書き写しで生計を立てる人のことである。今のようにコピー機などない時代のこと、いわゆる「毛筆筆耕」ではなく、どんな方法でたくさんの書き写しを図ったかというと、「謄写版」による印刷であった。ガリ版に鉄筆で文字を書いて原紙を作り、そこへインクを載せると文字の部分が写せる、という方法。何枚ぐらい刷れたのだろう、今思うと大変な作業だったわけだが、この筆耕について私には格別の思いがある。

大学三年の秋のこと。教育学部国文科に在籍していた私は、一応国語の教師を目指していた。そこで出身中学へ「教育実習」に三週間ほど出かけたのである。十五人ほどの実習生がいたのだが、なぜか私が「特別研究授業」を担当することになってしまった。これは校長以下、大勢の先生の前で国語の授業をするという、とんでもない役目である。授業内容（今で言うレジメ）を先生方に渡すことになって、さあ大変。

だが私には強力な援軍がいた。それまで、文学系は二人の姉に、理科系は兄に、家庭科は母に、という家族総出の宿題サポート体制が出来上がっていたのだ。そんな中、父の役どころは雑務だった。家庭内庶務係だろうか。「父さん、電気が切れた」と二階から叫べばすぐ飛んできて直してくれたし、学校への提出書類も全部書いてくれた。当然、「特別研究授業」用のレジメもガリ版を切って作ってくれた。

さて翌日、職員室へ持って行き担当の先生に見せたところ、大変に驚かれた。他の先生方も集まってきて「これは凄いな」と口々に言う。「これ小出（旧姓）がガリ切ったのか」と言われたので、「ううん、父だよ」と正直に言った。「お父さん、何してる人？」「学校の先生だよ」「やっぱりな、それにしても……」というやりとりがあり、口々に褒《ほ》めてくれた。父のガリ切りは突出して上手かったのだろう。なるほど文字が活字のようにキチンと揃い、大変美しい原稿であった。

うちへ帰って「先生がすごく褒めてくれたよ」と言ったら、「そうか」と父は地味ながら嬉しそうに頷いた。姉たちは優等生だったので、父の出番はほとんどなく寂しかったのだろう。その点、いちいち手が掛かる末っ子の私は、結果的に一番親孝行をしたかもしれない（誠に勝手な解釈だが）。昔は先生も大らかなもので、「親にやってもらってけしからん」とも言われなかったし、中には「今度、オレも頼んでくれ」という依頼心の強い先生もいらした。

教育実習の成果は上々だったが、肝心の教科「教育原理」の受講を忘れたために先生にはなれず、コピーライターやシナリオライターというヤクザな職に就き現在に至っている。父の献身はまったく報われなかったのである。

話が逸れたので元に戻すと、昭和の仕事の中で、一番大きく変わったのは通信手段であろう。面白かったのは新聞社の屋上に伝書鳩の鳩舎があり、伝書鳩係が鳩の飼育や実際の訓練を担当していたという話である。訓練を受けた伝書鳩はニュース原稿を届けるという重大な任務があったらしい。昔の鳩はアナログながら大きな役割を果たしていたのだ。

私は今、パソコンで台本を打ち、メールに添付して送っている。鳩に向かって威張るわけではないが、わざわざ空を飛ばなくても、瞬時に先方へ届けることができるのである。

ただ、ただ、一途《いちず》だった人

『私のこだわり人物伝』という番組があったのをご存知だろうか。NHK教育テレビの火曜日、夜十時二十五分からで、一人の人物論を四回で語るというもの。六月の放送では、脚本家の故向田邦子が取り上げられていた。案内役は漫才コンビ「爆笑問題」のボケ役・太田光。これがまことにおもしろかった。彼は中学生の頃から「向田ドラマ」の虜《とりこ》になっていたというのも意外なら、そのとらえ方の的確さにも驚いた。

太田光は当時三十歳。若いのだけれど、向田作品への思いは、倍の年を重ねた私をも、共感させせるに十分な説得力があった。じつによく観ているし、よく読んでいる。

たとえば、『阿修羅のごとく』の冒頭シーン、ここに向田ドラマの真骨頂が表われている、と言う。

三女役のいしだあゆみが、二女役の八千草薫に電話をかけている。

「ちょとね、話があるのよ」

と言いながら、曇りガラスに「父」という字を指先で書いている。彼女の話したいことというのは、「父」が浮気をしていて、しかも子どもまでいるらしい、ということなのだ。一言も「父」という言葉を出さずに、二女の心の内を映し出す。これが映像の持つ力だと太田光は言う。私も常々、シナリオ講座でも取り上げているので、「そうそう、ここなのよ、向田邦子のうまいところは」と思わず膝を打つ。

生涯シングルを通した向田邦子に、なぜ、あんなに男女の機微が描けるのか、長年、謎とされていたのだが、没後二十年目に「秘めた恋」が明るみに出て、一気に合点がいった。ことの善し悪しは別として、その尋常ではない一途さ、健気さには胸を打たれる。スチールカメラマンだった彼は、離婚後、生家の離れに一人で暮らしていたという。しかし、病を得、生活力が無くなってしまう。物心両面で彼女は必死に支えたのだが、結局、男性は自死を選ぶ。この出来事は、向田作品のカギを握るものである、と太田光も断言していた。「一途さ」には人を魅了する何かがある。

向田邦子に一途な女を観るとすれば、男の一途さは、徳島県立池田高校野球部元監督の故蔦文也氏に見る（あくまで私は、だが）。

話は少しズレるかもしれないが、先日、念願の池田高校詣でを果たした。取材かたがた行ってみたいと思い始めてから二十数年の月日が流れていた。

ある会合で「四国へ皿鉢《さわち》料理と讃岐うどんを食べに行く旅」が企画された。「よし、池田へ行ける！」。ただし、そこから、観光ルートを池田町へねじ曲げるのは容易なことではなかった。当たり前のことだが、メンバーの誰も「池田高校」を見たがらないのだ。

「あの辺りまで行くなら大歩危《おおぼけ》・小歩危《こぼけ》の川下りでしょうが。なんで池田高校を見なカンの？」と、まるで話が通じない。「川上から川下へ下って何がおもしろいの、遡るというならまだしも」と舌戦を展開するが、多勢に無勢。仕方なく仲間から外れて一人、池田町を訪れることで話はついた。

私の「池田詣で」、その心とは……。

「山あいの町の子供たちに、一度でいいから大海を見せてやりたかったんじゃ」という蔦監督の言葉を確認したかった、ただ、それだけのことだった。

「阿波の大バカ者」と言われながら、「さわやかイレブン」の時代、「やまびこ打線」の時代、蔦監督は、常に魅力あるチームを作って甲子園にやってきた。その原点にあるのが先の言葉だ。

「どんな山あいの町なんだろう」

新聞の切り抜きをいっぱい持ってやってきたオバサンに、池田町の人はとても親切だった。日曜日だったが、校内へ入れてくれ、蔦監督の「あの言葉」入りのモニュメントの前で写真も撮ってくれた。それで私の気も済んだ。

後日、放送関係者には「そのオバサンこそドキュメンタリーになるね」と言われてしまった。常に番組のネタ探しに歩いているシナリオライターが、自らネタになってどうするのだ。

夕空晴れて……

エッセイクラブの例会十月の課題は「夕空晴れて、秋萩垂れ」というものだった。この課題に引用した歌詞が間違っていると、たくさんの方からご指摘を受けた。日頃、「引用する場合は正確に」と言っておきながら、まことにお恥ずかしい。これでは青菜に塩どころか、塩をかけられたナメクジのごとき心境で、お詫びかたがた釈明せねばなるまい。

なぜ、こういう間違いをしでかしたのか。ことは小・中学校の時に遡る。

終戦後、やっと日々の暮らしが落ち着き始めた昭和二十五年に私は小学校に入学した。「団塊の世代」に次いで人数の多い年だ。

今のように新入学児童としてのファッションなど何もない時代のこと、革靴をキュッキュッと鳴らして通う子もいれば、下駄を履いている子もいた。牛革のランドセルの子もいれば、布の袋をぶら下げている子もいた。私はその中間で、ゴム靴に豚革のランドセルだったと記憶している。ただし、そのランドセルは、入学後すぐに「こんなものがあるから勉強せにゃならんのだ」と思って、筆箱などと一緒にきっぱりと捨ててきてしまったのだ。親に叱られたのなんの！　二度目に買ってもらったのは布製のランドセルだった。

子どもも不揃いなら先生も不揃いで、当時、代用教員という立場の先生が大勢おられた。五年生のある日、音楽の時間にその代用教員と言われる先生が唱歌『故郷の空』を教えてくれた。多分、音符の下に「ゆうぞらはれて　あきかぜふき……」と書かれていたものと思う。二番は「すみゆくみずに　あきはぎたれ……」という歌詞だった。先生は、歌詞の説明をする時、「あきは　ぎたれ」と教えられた。「あきは」は「秋は」だろうと推測したが「ぎたれ」って、いったい何だろう。不思議に思ったが、早く運動場で遊びたいクチだったこともあり、ついそのままになってしまった。「あきは　ぎたれ」の正体が「秋萩垂れ」と気づいたのは高校生になってからであった。

そのような強烈な印象もあり、「夕空晴れて」とくると「秋萩垂れ」がついつい結びついてしまい、本来は二番の歌詞が一番とごっちゃになってしまったという次第である。

中学校の先生にも間違ったことを教えられていた。それは口語文法の活用形を覚える宿題があって、自宅で呪文のように唱えていたところ、耳聡い姉が「この子、メチャクチャ覚えとるがね、あんた、何習ってきたの？」と言う。国語の先生は、その風貌から、当時出回っていた「農林一号」というあだ名で呼ばれていたお習字の先生だった。ちなみに

「農林一号」とは、大きいばかりでアジのよくないサツマイモのことだったのだが、言われてみれば、そんな感じだった。

そのような教育事情だったが問題になったという記憶はない。皆、そんなものだろうと思っていたのだろうか。今だったら、モンスターペアレンツなる恐ろしい人たちが黙っていないことだろう。昔が良かったとは言わないが、あまりに神経質すぎるのもどうかと思う、昨今の教育事情ではある。

歌詞の解釈を間違って教えられたからといって音楽が苦手になったわけではなく、カラオケも大好きな人間に育った。文法をメチャクチャ教えられたからといって、国語が苦手になったわけでもなく、のちには文章の書き方を教えるようにもなった。さらに言えば、半世紀経って、エッセイのネタにすることもできたのだから、人生、ムダなことは一つもないものである。

富士をなめたらいかんぜよ

この夏、私にとっての最大のイベントは富士登山であった。四十五年前、一度登ったことはあったが、二十歳そこそこだったせいか体力もあり、辛いという印象はない。それより、七月だというのに頂上は吹雪いており、ご来光は拝めず心残りだったので、今回の話に二つ返事で乗った。が、なまじ知っていたというのがアダになることを後になって思い知る。

学生時代のスキークラブの仲間、男六人、女一人のパーティ。三年ほど前に八ヶ岳の小さい山に登ったメンバーなので気心も知れており、いっぱしの「山ガール」気取りで参加した。

「普通、一時間に一回くらいの休憩をとるけど、女の子も混じってるから三十分に一回な！」

「女の子かあ、そんな時代もあったね、半世紀まえには」

などと軽口を叩きながら、急峻と言われる富士宮登山口ルートを登り始めた。

しかし、十分ほどで、早、呼吸困難に。

「顔色が悪くなってるから酸素を吸わせた方がいい。おーい、酸素！」

キンチョールのようなスプレイ缶の酸素を吸う。効いたような効かないような。

その後も、十分ぐらい経つと倒れ、その都度、酸素を吸い、ついでにザックの中身を分担して持ってもらう。ついにはザックそのものも前に掛けて歩いてもらい、私の荷物は文字通り、オンブにダッコしてもらうことになった。したがって、肉体的な辛さに加え、仲間に迷惑を掛けているという精神的な辛さも加わり、なんともはや、死にたい気分である。

そのうち雲の中へ入ると、雨は降るわ、雷はなるわ、生きた心地がしない。この時期の富士山というのは、登山道にぎっしり人が連なっており進むしかない。勝手だが「雷が落ちるなら私以外の人に」と祈りながら歩く。多分、皆がそう思いながら歩いていたことだろう。

雲の切れ目が来れば雨は上がるが、今度は暑い。富士山は樹の一本もない瓦礫の山なのだ。

途中何度か、「もう限界」と思い、「自衛隊のヘリを呼んで！」と叫ぶ。すかさず仲間が、「二百万だけど用意できる？」と言う。二百万と聞くと正気にもどり、足が動き出すから不思議である。「ヘリ！」と「二百万！」を繰り返しながら、八合目の少し上にある『赤岩八号館』へ半死半生でたどり着く。

この山小屋で一泊し、夜中に歩いて頂上を目指すと言う。私はもう半歩も歩けない。山小屋の人に聞くと、すぐ近くにご来光の絶景スポットがあるという。ならば私は頂上までは行かないことを決意。「一緒に登ろう」という仲間の手を振り切って、山小屋の柱にしがみつく。

『赤岩八号館』から見たご来光は素晴らしく、まずは、東日本大震災の犠牲者の方々のご冥福と、復興の早からんことを祈る。

そして下山。四十五年前はあっという間に駆け下りた砂走りだったが、まさに地獄。最後には杖を横にして両端を持ってもらい、それに掴まって歩くという情けなさであった。

考えてみるまでもなく、この富士登山は無謀であった。

○若い時より体力が落ちていた（当たり前だ）
○楽な吉田口ルートにすべきだった（当然である）
○山男たちのスピードに合わせた（バカか）
○トレーニング不足（もってのほか）

など反省点が山ほどあり、土台、ムチャだったと知る。典型的な年寄りの冷や水であった。いやー、それにしても男はえらい！　日頃、男女共同参画委員会などで「男がナンボのもんじゃい！」などと威勢良く発言してきたが、すべて撤回し「女は男より劣る」と口走りそうで怖い。ことほど左様に、私はすっかり自信をなくし、「富士山＝暗い過去」となり、項垂《うなだ》れるばかりの夏であった。

神の領域

辻井伸行さんのピアノ演奏を聴くと、素晴らしいという表現では言い表せない不思議な感動を覚える。激しいのだけれど柔らかい、厳しいのだけれど優しい。その音色は何と言ったらいいのだろう、何か神がかり的なものさえ感じさせるのだ。

伸行さんは、先頃、ヴァン・クライバーン国際ピアノコンクールで優勝という日本人初の快挙を果たし、一躍、時の人となった。ご存知の方も多いと思うが、視覚障がいというハンディキャップを背負った二十歳の青年である。

母親のいつ子さんが書かれた著書によると、彼は生まれつき眼球が何らかの理由で成長しない「小眼球」という病のため、視力がないとのことである。神様は、時として残酷な運命を科せられるものである。けれども代わりに音感という天分を、人よりも多く与え賜うたようである。

伸行さん生後二ヶ月半の頃、ピアノの調律師が鍵盤を叩く度に、同じ音域の「アーウー」という声を出したそうである。さらに、寝返りがやっとという頃、ショパンの『英雄ポロネーズ』を聴き分けたとも書かれている。普通ではない「音楽の才」に気づかれたお母さんは、とにかく身近なところに「良い音楽」を置くということに心を砕かれたようだ。

そして、決定的な天分を見せたのが二歳三ヶ月の頃、母親の歌うクリスマスソングの旋律を玩具のピアノで弾いていたというのである。それからは、次から次へ手当たり次第に聴いては弾き、聴いては弾き、すべて耳で聴いただけで弾けるレパートリーがどんどん増えていき、国際的ピアニスト誕生へと繋がっていったものであろう。

話はガラッと変わるが、最近鮎釣りデビューを果たした。「友釣」という漁法で、囮《おとり》鮎が川底の石の苔《こけ》に近づくと、そこに棲む鮎が「オレの縄張りを荒らすな」と攻撃。マンマと囮鮎の針に掛かるという仕掛けである（そんなこと知っとるわいと言われそうだが）。典型的なビギナーズラックで、私の竿にも間抜けな鮎が掛かり、今、鮎釣りの天才気分なのだが、そんな自慢がしたいわけではない。

その時聞いた盲目の鮎釣り名人の話。

この人は、自宅の前の川で鮎釣りをするのを日課にしていたそうである。しかし、糖尿病の悪化で視力をまったく失《な》くしてしまった。

友釣の仕掛けは、鮎の鼻に「鼻環」を点け、腹ビレの一番後ろに逆針を打ち、さらに、かけ針を垂らす（また解説してしまった）。「鮎に鼻ってあったっけ」と同行の友人釣り師に訊ねたところ、ちゃんと鼻の穴もあるとのこと。その穴に小さい輪っかを通すのである。老眼鏡が必要とはいえ、晴眼者である友人釣り師にもかなり困難な作業とみえる。うまくいかなくて、指先は傷だらけ、見れば血が滲《にじ》んで痛々しいばかりである。

ところが、盲目の釣り名人はなんの苦もなく、手探りでサッと仕掛けを作り、ホイホイと釣り上げるそうである。見ていた人によると、鮎が「この人にならら釣られたいわ」と、寄ってくるのだそうだ。なんでも、釣れる釣れないは、風の匂いでわかるとか。

神様は、一つの能力を奪った代わりにケタ違いの別の能力を与えてくださるのだろうか。「神の領域」としか言いようがない。

辻井伸行さんの話に戻るが、彼が二歳三ヶ月の時、その天分を発揮したという玩具のピアノが、今、爆発的に売れているそうだ。うちの孫は今まさに二歳三ヶ月。試してみたい気もするが止めておこう。おそらく「音の出るイス」と思って、サッと腰を掛けるに違いない。その得意そうな顔が目に浮かぶ。天才はそうやたらにはいないものである。

言葉を軽んじてはいけない

事情があってうちへやってきたお掃除ロボット「ルンバ」。これがけっこう気難しい。まず、床に物が散らかっているのが許せないタチで、玄関のスリッパなど、「ジャマ！」とばかりにタタキへ落としてゆく。勝手口の上がり框《がまち》に置いてある雑巾も気に入らないらしく、これまたタタキへ。取説は英語、音声ガイドも英語、日本で働くのだから日本語で言え、と英語オンチの私はかなりイラつく。

それでいて、ヤツはけっこうおバカで、いつも同じ隙間に挟まって動けなくなっている。自分の責任なのに「エラー」と他人事《ひとごと》のように言う。

「バカだねえ、おまえは！　さっきも同じところで動けなくなったじゃないの」

などと、ロボット相手に勝ち誇ったりする。

マ、そうは言っても掃除はルンバに任せ、片目で高校野球、片目でパソコンの夏だった。甲子園では東海大相模が優勝し、下馬評通りで面白くもなんともなかったのだが、別の意味で見どころの多い大会ではあった。

生まれつきの低身長のため、極々《ごくごく》小柄な選手がベンチ入りを果たしていた。どんなに努力してレギュラーの座を勝ちとったことだろう。想像するだに胸が熱くなる。また、アフリカ人とのハーフ・オコエ選手の身体能力の高さには驚嘆するとともに、明るい笑顔に引き込まれた。話題の早稲田実業・清宮君は「ビッグマウス」「態度が横柄」などとも言われていたが、大いに結構ではないか。大人の規範なんて、なんぼのモンでもないのだから大きく逞しく育ってほしい。

この大会で私が一番感動したのは、京都の鳥羽高校の主将・梅谷君の選手宣誓である。百年の節目を迎えた高校野球は、日本の歴史とともに歩んできたこと、日本は激動と困難を乗り越えて平和を成し遂げたこと、次の百年を担うものとして、八月六日の意味を深く胸に刻みたいこと、などをはっきりと自分たちで考えた言葉で宣誓した。

それに引き替え、同じ日に『広島市原爆死没者慰霊式並びに平和記念式』での安倍首相の挨拶の何と薄っぺらで軽い言葉であったことか。

「我が国は唯一の戦争被爆国として、現実的で実践的な取組を、着実に積み重ねていくことにより、核兵器のない世界を実現する重要な使命があります…」と借り物の言葉ばかりが並ぶ。現実的で実践的な取組って何だったたっけ？と、思わず突っ込みを入れてしまう。

まことに意味不明。最後の「内閣総理大臣・安倍晋三」だけはヤケに明快、大きな声であった。

七十回目となる終戦の日、『全国戦没者追悼式』の天皇のお言葉も印象に残った。「……先の大戦に対する深い反省とともに、今後、戦争の惨禍が再び繰り返されぬことを切に願います」と述べられた。これは昨今の「安全保障関連法案」などが、次々と衆議院を通過していくことに対する天皇の苛立ちの表れではないだろうか、必死さがよく伝わってきた。

最近では、赤川次郎、高橋源一郎、瀬戸内寂聴、澤地久枝などの作家が、次々とこの「安全保障関連法案」反対に立ちあがっている。「モノが言えなくなる時代」への危機感からに他ならない。言葉を軽んじ、平気でまやかしを図る政治家（特に現政権担当者）に我慢がならないと言う。「修飾語を並べれば人の胸を打つというものではない」と言葉の軽さを憂いているが、ほんとうにその通りだと思う。

ルンバは今日も、表面をなでるだけの雑な掃除をしながら足元を徘徊している。それを見ていて、なぜか、安倍さんを思い出してしまった。

「君たち、似てるねぇ、上っ面な掃除、上っ面な言葉。ともに欠けているのは心なんだよ」と。

フレンドリーにいこう

お掃除ロボット「ルンバ」とは、相変わらず折り合いの悪い日々である。やる気があるのか、ないのか、マイペースぶりにイラつく。

それでも一つ感心するのは、エネルギーを使い果たす前に、自力で充電器へ帰っていくことである。帰り路に必要なエネルギーだけを残して休息に向かうところが賢い。

やれやれ、ヤツもおとなしくなったことだしと、片目でテレビ、片目でパソコンライフを再開する。今回は高校野球に代わって、イギリスで行われているラグビー世界選手権である。このところ毎年十二月になると東京まで日帰りで出向き、「早明戦」を観に行っているほどの「ラグビー女子」として黙ってはいられない。

初戦の相手は、優勝二回という強豪・南アフリカである。正直、善戦してくれたら、と思っていた。しかし、なんとなんと、最後に逆転トライを決めて勝ってしまったのである。歴史的大勝利であった。ラグビーのルールでは、ワンプレイが終わるまでは、時間が来てもノーサイドの笛はならない。そのわずかな時間にトライを決めるなんて神業か。

この試合、ＦＢ《フルバック》五郎丸君は一トライ、五ペナルティゴール、二ゴールキックで合計二十四得点を挙げた。キックをする前のルーティンと言われる仕草がなんともセクシー。絶対、ゴールは無理と思われる角度であっても決めること再々で、その都度、私の頭は「春！」になる。

この南ア戦のあと、全日本で優勝したヤマハ発動機の清宮克幸監督（今や、早実・清宮君のパパと言った方がわかりやすいかも）が言っていた。「チームに外国人が多いが、試合ではまったく気にならなかった。そんなことどうでもいいのだと気付いた」と。私もまったく同感で、日本チームがボールを持って走れば、リーチであろうとマフィであろうと「行けぇー」と叫ぶ。

ラグビーの国際ルールでは、三年間在住すれば、国籍は違ってもその国の代表チームでプレイできる、と定められているそうである。その代わり、以後、自国の代表チームには入れない。本人も相当な覚悟がいることだろう。

このフレンドリーな他国への溶け込み方は、今後の、国際交流の在り方、異文化の理解に、参考になるのではないか。少なくとも私は何の違和感もなく応援できた。オールジャパンのユニフォームを着ていれば、すべて日本国の選手である。ヘッドコーチ、主将、逆転のトライを決めたのも、皆、外国人である。五年間でここまでのチームに押し上げたエディ、猛者《もさ》ぞろいの選手をまとめきったリーチ、ラストプレイでゴールになだれ込んだヘスケス。素晴らしいチーム、素晴らしい人たちではないか。

しかし、この理屈をまったく理解しようとしない人間もいる。以前、フェミニズム映画論で大ゲンカしたことのある同世代の男性である。懲《こ》りもせずまたやってしまった。

「このラグビーの国際ルールは、今後、外国との交流に活かせるんじゃない？　まずはウェルカムよね、三十六ヵ月ルールっていいと思う」

「バカ言っちゃいかん。国がメチャクチャになる。三年ぐらいすぐ経っちまう。難民は押し寄せる、ＩＳは入ってくる。それはどうするんだ」

「そんな大げさなことじゃなくて……」

「大げさも小げさもない。そんなルールはラグビーだけにすべき。国籍がすべてに優先する」

決裂！

帰宅して、留守番をしていたルンバくんに、「私も英語を理解するから、今後はフレンドリーにいこうね、ウェルカム」と話しかけた。

ルンバは無表情に「？」という顔をしている。

無事之名馬《ぶじこれめいば》でいこう

うちの「ルンバ」も、とんでもない所へもらわれてきた、と思っているに違いない。掃除の役目以外に、主の書くエッセイでモノ笑いのタネになる、という仕事まであるのだから。ルンバ・シリーズ最終回の巻。

今回も、異文化交流の賛否についてである。

私が、ＮＨＫ文化センターのシナリオ講座で教え始めてから、約四半世紀が過ぎようとしている。その間、唯一の自慢は一度も自分の都合で休んでいないことである。その後、エッセイ、自分史など、いろいろと教室も増えたが、自分の都合で休んだことは一度もない。

これは、幸いにして身体が丈夫にできていることもあるが、私のような「駄馬」は、「無事之名馬」を目指すしかないと、絶対休まず、頑張ってきたからでもある。

この「無事之名馬」という言葉は「能力が多少劣っていても、怪我なく無事に走り続ける馬が結局、名馬である」という意味で、作家・菊池寛の造語であると言われている（後に代筆者がいたという説が有力になったが）。

ある日、欧米通の若者と異文化論を交わしていた時、「『無事之名馬』は、英語では何と言うんですかね」という話になった。しばらく間があって、「欧米では、その言葉は理解されない」とのことであった。「無事＝事も無し」では全く評価の対象になり得ないと。

欧米で評価されるのは、事が起きてそれにどう対処し、何か成果をあげて、初めて評価される、ということである。従って、無事だからといって、これがなぜ名馬に繋がっていくのか、欧米人の思考回路にはないのだ、と言う。

そういえば、黒澤明監督の『七人の侍』は欧米でも大変評価が高い。あのピンチの中、何人もの犠牲者を出し、血みどろで勝利する展開は、まさに、事が起きて、対処し、成果を掴み取るところが欧米人好みなのであろう。

文化の違いと言ってしまえばそれまでだが、つまるところ、農耕民族と狩猟民族の違いというところに落ち着いた。我々農耕民族は、田んぼに水を入れ、田植えをし、草取りをし、準備万端整えて、台風が来ないよう、害虫にやられないよう、「無事」を祈りつつ、実りを待つ。

一方の狩猟民族の方は、とにかく出かけて行って、獲物を捕まえてこないことには始まらないのだ。事を起こさないことには食べていかれない。思考・文化の「源」が大きく違っているのだからこの差は大きい。

ラグビーでは、あんなにフレンドリーな異文化交流ができ、今後の国際関係もこの方向でいけば、と思ったが、なかなか一筋縄ではいかない。しかし、「文化圏」や「国民性」が相容《い》れないものと頑なに思い込まず、大まかに理解していれば、活路は見出せるような気がする。

ナニ、日本国内でも理解に苦しむ文化はいくらでもある。先日、何気なく電車の中吊りを見ていたら、五郎丸君には妻がおり、しかも美人だという。ちょっと「ムッ」としたが、まあ許そう。それよりショックだったのは彼の好みは「一、二歩下がって歩くタイプ」とのこと。何ダ、何ダ、二十一世紀だというのに古くっさ！

そんな「五郎丸」の名に思わぬ遊び方があると知った。それは、レストラン等の入口で順番待ちの用紙に「五郎丸二名」と書いておくと、しばらくして「お二人でお待ちの五郎丸様」と呼ばれ、周りの人から一斉に注目されるそうだ。「俺、生まれて初めて有名人になった気がした」と無邪気に喜ぶ知人を見て、その新鮮な使い道に笑った。

ナンダカンダ言っても、にわかラグビーファンを増やしたのだから五郎丸君の功績も大である。やっぱり、ファンでいようと思い直したのであった。
うちのルンバ君は「好きにすれば！」と呟いている。

ハワイが呼んでいる

ハワイで収録しようか、という話が持ち上がったのは八月のある日のことだった。現在、週一、レギュラーで書いているラジオのトーク番組でのことである。タレントのアマチン（天野鎮雄）さんと、健康食品の会社の会長さんとのトーク番組は、十周年をとうに過ぎているらしい。節目の十周年には何も祝いらしいことはしなかったね、と誰かが言いだし、前後一、二年は記念事業も可、という話になって、あっという間にハワイ行きが決まった。ここまでなら「ラッキー！」で済んだのだが、どうせ行くなら特番を三本ほど作ろうよ、ということになり話はどんどん大きくなっていった。

「オイオイ、誰が台本書くの？」

「それは芳賀さんしかいないでしょう、僕ら誰も書けないんだから」

と彼らは威張って言う。

十一月の勤労感謝の日あたりの三連休は、紅葉も見ず、家にこもって三本の特番を書いた。それでも今は便利な時代になり、ハワイに暮らす日本人出演者へ、メール取材ができるのは有難い。日頃、パソコンには敵意を持っていたが、良いところもあるのだ。いっぱしの国際派を気取って質問メールを送ると「アロハ」と気軽に答えが返ってくる。

ラジオ番組なので、臨場感を出すために音を入れる工夫をする。ウクレレの神様には、にわかウクレレ教室をやってもらい、鎮さんと会長さんに初歩から習ってもらうとか、ハワイでラジオのＤＪをしてる人には、英語でのＤＪぶりを披露してもらうなどと、構成を考える。ほぼＯＫも取り、あとはハワイへ行くだけというところまでこぎつけた。

しかし問題はハワイでの英語である。英文科を卒業されたという鎮さんは、英語教師にならないと決めた時から、英語は忘れることにしたそうで、まるっきり当てにできない。

大体、私は海外旅行に関しては、まったく鎖国状態の人間である。黒船前か、と言われるぐらいの海外オンチ、英語オンチで通っている。

それでも二十数年前に、一度だけドラマのロケでグアムへ行ったことがある。その時の暗い記憶がよみがえる。

それは、ドラマの主演女優がパスポートを忘れてきた、というところから始まった。彼女は埼玉県の自宅までパスポートを取りに戻り、他のスタッフとは、半日以上遅れて飛行機に乗ることになった。従って、撮れないシーンが次々に出てきて、シナリオはその都度変更になる。

当時は手書きの時代。ホテルから一歩も出ず、せっせと書いた記憶があるだけで、何を見たのか、何を食べたのか、まったく記憶がない。以来、私は鎖国に入ったのである。

今度のハワイへ行くのに英語の進展はまったくゼロで、心許ない限りである。何とかすぐに英語で話ができるようにならないか思案して英語の達人に聞いたところ、ＮＨＫの『大人の基礎英語』というのが、今は一番良いテキストで、一ヶ月もあれば、かなり役に立つと言う。一ヶ月もない状態で、即、ペラペラになりたいという私としては一応買ってみた。当然のことながら買うだけムダに終わった。私は英語が嫌いなのだった。

それにしても、こんなに缶詰め状態で仕事をし終わっても、誰もご褒美をくれない。先日観た「竹島水族館」のアシカショーでは、一つ芸をするたびに、小アジかなんか美味しそうなご褒美をもらっていたが私には誰もくれない。仕方がないので「納屋橋饅頭・六個入り」を買ってきて一人で食べて憂さを晴らす。アシカのご褒美とどっちが上なのだろう、微妙なところである。

肉食系女子　ハワイが呼んでいる（Ⅱ）

「パスポートを忘れそうな人」

「遅刻しそうな人」

「転びそうな人」

「迷子になりそうな人」

という予想ランキングで、すべて一位になっていた私だったが、無事ハワイから帰国した。

無事と言っておいて何だが、ちょっとだけ失敗したこともある。ホテルへ着いてすぐ、部屋へ案内してもらう。カードキーを受け取り、テーブルに置いたまま、案内嬢を見送って廊下へ出た。振り向いて、部屋に入ろうとドアノブを回したが、びくともしない。

「まことに申し訳ありません」

と謝ってもう一つカードキーを持ってきてもらった。それを廊下で見ていた同行者たちの喜ぶまいことか。

「ホテルの人を、いちいち見送りに出ることないから！」

いきなりやってしまったのには理由《わけ》がある。行く前の準備段階で、疲れ果ててしまっていたのだ。それは……。

せっかくハワイへ行くんだから、デジカメを持って行こうと思って取り出したら、全然動かない。しばらくぶりだから壊れたと思って、

「故障してるみたいですが直してもらえます？」

と、カメラ屋さんへ行った。すると、

「充電切れしてるだけですよ」

と、いとも簡単に言う。

「えっ、デジカメって充電がいるんですか」

と、訊いたときのお兄さんの呆然とした顔。

これでまず一つ疲れた。続いて、ガラケーを海外でも使えるようにと、海外暮らしの達人からレクチャーを受けた。

「まず、ツールというところを押してください」

「そんなものありません」から始まって、実に四十六回ものショートメールのやり取りをしてわかったのは、私のガラケーは海外仕様にはできないほど古いらしいことだ。

こうなれば、空港で借りるしかない。しかし、借りたものの、使い慣れておらず微妙に違っていて、不安になる。これが二つ目の疲れ。

このあと、きしめんを食べながら結団式をして飛行機に乗り込んだ。すぐに、どうしたらこれだけ不味く作れるのか、と驚くほどの機内食が次々に出て、不安は増すばかり。ハワイに着いた頃にはぐったりと疲れていたのである。

それはともかく、仕事で来たのだからと収録の準備を始める。

「ハレクラニホテル」の一室に特設スタジオを作り、三組のゲストを迎えるための打ち合わせをする。ホスト役のアマチンさんもラジオ局のスタッフも、海外での収録は慣れたものので、的確に動くのだが私だけウロウロしたり、余計なところを触ったりして怒られる。

「芳賀さん、じっとしててもらっていいですか」

結局、収録は一日半かかったが無事に終わった。しかし、毎度のことながら台本からは大きくズレ、事前の私の苦労はどこへいったのだろう。むなしく項垂《うなだ》れるのみであった。

そんな私だが、唯一、肉の食べっぷりだけは褒められた。

初日は三七五グラムの肉を食べた。

二日目はもっと食べた。

三日目はもっと、もっと食べた。

二十代を含む、総勢十人の中で圧勝したのだった。どこも観光はせず、ただ食べたのみの旅。

それにしても不思議に思ったのは、二十数年前、グアムへ行った時は、帰路、無事に着陸した瞬間、ドッと拍手が起こったものだったが、今回は誰もしない。あやうく「一人拍手」をするところだった。時代は変わっているらしい。

ダンス、ダンス、ダンス！

我々が学生だった頃には、ダンスパーティが頻繁に開かれていた。

私も踊れないながら、切符もぎりや会場整備の手伝いに駆り出されること再々で、時にはダンスのパートナーを務めることもあった。「ナニ、混み合ってるから足を交互に踏み替えていれば大丈夫だよ」と言われ、足踏みだけして一曲終わったこともあった。下手さはあまり目立たなかったから、どんな格好だったかは苦にもしていなかったのだ。若いって素晴らしい。

そうは言っても、キチンと習って、足踏みだけでなく堂々と踊りたいとずっと思い続けてはいた。華麗に舞うことができたらどんなにか楽しいだろうと。

二十年ほど前に『Ｓｈａｌｌ ｗｅ ダンス？』という映画が流行り、勇んで観に行った。その時に、当然、ダンス熱に火が点きそうなものだけれど、草刈民代があまりにステキすぎて、誰が踊ってもあんな風になるはずはないのだからと、諦めてしまった。草刈民代という顔良し、スタイル良し、しかもクラシックバレエの現役ダンサーが社交ダンスを踊るのだもの、ステキに決まってる、自分とは違う世界の人だと。そのぐらい草刈民代は美しかった。

そして気がついたら七十歳を超えてしまっていた。うわっ、ここで立ち上がらねば一生ダンスをしないまま終わってしまう！ということでＮＨＫ文化センターの「社交ダンス入門」へ入会した。

最初は、「健康のために」という先輩達に混じってチンタラ、チンタラやっていた。ところが仲間の一人が個人レッスンを受け、メダルテスト（昇級テスト）を受け、日に日に上達していくようになった。ある日、「みちこもやりなよ」（三十歳も年上の私を彼女はなぜか呼び捨てにしている）と言われ、彼女のようにステキに踊れるのならと、私もその気になってしまった。しかしその後、彼女は米倉涼子と渋野日向子を足して二で割ったような美形の人だと気づいた。私が同じように踊れるわけではない。けどオバサンはここからがたくましい。

個人レッスンを受け、メダルテストを受けているうちに、ジワジワとやる気になってきた。メダルと聞けば、元アスリートの血が騒ぐ。そうだ私は快速ランナーで運動神経は抜群だったのだ。猛特訓を重ね、三級八種目を制覇し、二級に昇級することができた。小学校の縄跳び以来の賞状を手にし、心ウキウキ、ダンス、ダンス、ダンスの日々を送っていた。しかし……。

メダルテストのＤＶＤができてきた時に夢は弾けた。もう少しマシに踊っていると思ったのだが、目を覆うばかりである。まるで「オランウータンが悶えている」と言ったらいいか。呆然。以来、私はダンスダンスと騒がないで謙虚に生きようと思ったのである。

高齢になってから何かを習得するということは難儀なことである。「覚えるのは遅いが、忘れるのは早い」ということを日々、実感するところである。

それでも、足腰はしっかりしてきたし、姿勢が良くなったと言われることが多くなった今、七十の手習いでもやらないよりは、やって良かったと思っている。週に二度、二十代イケメン先生のリードで踊るダンスはとても楽しいものである。

老いたる舞姫は、夢見心地で今日もいく……。

ここ一番ではピシッと

我が家における父の存在は、かなり影の薄いものだった。

妻と娘三人と老母という家族構成のせいかも知れないが、発言力は弱く、母は常々「父さんはぬるま湯だから……」と、歯痒《はがゆ》がっていた。ところがある日……。

オテンバ娘だった末っ子の私が小学六年の時、転んで肩のあたりをしこたま打った。昔の子どもは我慢強かったのか、痛みを堪《こら》えて帰宅した。

何事にも大雑把だった母は「指が動くなら大丈夫！」と、きっぱり診断し、「卵ご飯を食べれば治るよ」と、これまた的外れな処置をした。

いつもは姉妹三人で一つだった卵を全部かけて食べられる幸せ。何だか痛みが薄らいでいくような気がして、「もう一膳」を所望したところ、母は「やっぱり卵ご飯が効いたんだわ」と言って、気前よくまた卵を割ってくれた。一度に二個の卵をたった一人で食べ、痛みなんかどこへやら。

夕方になり、教師だった父が帰ってきた。いつものごとくひっそりとした帰宅だったが、

「倫子のかっこうがおかしい」と言い出した。こちらはまもなく「臨海学校」というイベントが待っており、「余計なことを！」と思っていた。

夜の十一時頃だったろうか、私の寝支度の様子を見ていた父が「やっぱりおかしい」と言う。その頃には私も「痛くて寝るどころではないな」と思わないではなかったが、「臨海学校」がちらつき黙っていた。

深夜になり、ついに父は立ち上がった。すでに寝静まっていた骨接《ほねつ》ぎさん（当時はそう呼んでいた）を強引に起こし、診察を頼み込んだ。そこでの診断は立派な「鎖骨骨折」で、朝まで待っていたら肉が骨を巻いてしまい、大ごとになるところだったらしい。

この一件で大いに株を上げた父ではあったが、それもほんの二、三日。ふたたび影の薄い人に戻った。

けれども、この手の人にほんとうの強さを感じたのは、母が亡くなったあとのこと。妻を亡くしても決してメゲることなく、細く、長く、薄く、温《ぬる》く、九十四歳の天寿をまっとうしたのだった。

正しくあらねばならぬ人

「ヤッパ、ここのコーヒーはうめーや」

「苦すぎない？」

「コーヒーってさ、苦いものなのさ」

「……」

何だか雲行きがあやしくなってきた。五十年ほど前。上京して半年ほど経ち、周りが少しは見え始めた頃のこと。相手は大学の同じサークルの同期生で、この日、映画を観た帰り、今で言う「お茶」していた時の話である。

それから、観てきた『太陽がいっぱい』の話になった。この映画は、今でも「マイ映画ベストスリー」に入るほどだから、その感動たるや……。アラン・ドロンの「悪のヒーロー」が何とも新鮮だった。ところが彼は、

「良いったって、犯罪者だろ？」

「だけど……」

「人を殺したヤツの気持ちがわかるの、キミは」

「そういう映画なんだから」

ますます、噛み合わなくなってゆく。いつもは彼の軽やかな東京弁が心地良かったのだが、どうもその日は耳に障《さわ》る。

当時、母親の東北訛りがミックスされた名古屋弁だった私。コンプレックスは相当なものだったに違いない。彼に惹かれたのもその口調がカッコ良かったからだった。

「キミの好みは、ああいう男なんかよ、わかんねえや。言ってみれば犯罪者なのよ、あの男は」

思えば彼は法学部の学生だったのだ。「道路を、折り目正しく直角に曲がらないと気が済まぬヤツ」と、その堅物ぶりが揶揄《やゆ》されていたのを突然思い出した。

「ああもう、こんな訳わかんないヤツとは付き合ってらんないわ」

と、私もなぜか東京弁で腹が立ってきて、結局、彼とはそれきりになってしまった。

のちに彼は国際政治学者になり、時々テレビにも顔を出すようになった。未だに生真面目なコメントを聞くと、「あのトンチンカンが!」と笑いつつ、ほろ苦い記憶が蘇る。そのせいか、今なお私は苦い系のコーヒーが苦手である。

向田邦子の無念

ここぞというシーンには、哀調を帯びたメロディが流れ、胸打たれる……。

それは今から四十年ほど前のＮＨＫの名作テレビドラマ『あ・うん』を観ていたときのこと。「なんて名前の曲なんだろう」。どうしても知りたくてＮＨＫに問い合わせてみた。『アルビノーニのアダージョ』と教えてくれた。以来、一段とこのドラマが楽しみになった。脚本は向田邦子。彼女はテーマ曲にも強いこだわりを持つ脚本家だったと後に聞いた。

このドラマは「二人の男性が一人の女性を挟んで織りなす微妙な友情」を描く傑作であった。「こんなドラマが書けたら……、そうだ、シナリオを習おう」。若かった私は無謀にもそう思い込み、東京のシナリオセンター名古屋教室へ通い始めた。ちょうど、子どもたちが小学校へ入った頃のことである。子どもたちは「宿題ができない」と嘆く母親に、「早め、早めに、やっておかないからでしょう」と、嬉しそうに説教を垂れるのだった。

そんな矢先に飛行機事故は起きた。突然、目標としていた向田邦子は死んでしまった。

とても彼女に追いつけるようなものは書けなかったが、それでも三十年ほど前、彼女が所属していた「日本放送作家協会」と「日本脚本家連盟」へ入会した。初めてもらった名簿の物故会員の中に、「向田邦子」の名前を見つけ、何とも哀しかったものである。

その向田邦子だが、亡くなる半年ほど前に講演をしている。最近、テープが手に入ったので聴いてみた。澄んだきれいな声で聴きやすく、ユーモアもあり、こんなところにも才能があった人なんだ、と思った。

しかし一ヶ所、言葉の読み方を違えているところがあった。こういう間違いは私もよくしでかすので妙に嬉しかった。ただ私は、指摘されれば、調べもし、謝りもできる。彼女には、もはやそれができない。物書きとして、早世の無念いかばかりであろうか。

腹が立ったら横になる

知らなくていいのか

ドキュメンタリー映画『小さき声のカノン』を観て強烈な衝撃を受けた。

同じ日本国民でありながら、同じ国の中で起きた「福島の原発事故の被災者」のことをあまりにも知らなさ過ぎではないかと、恥ずかしい思いでいっぱいになった。私が特別無知であったのかも知れないが、少なくとも周りで話題になることはあまりなかった。ということは皆、私と似たり寄ったりだったのではなかろうかと思う。

この話は、福島県二本松市にある真行寺というお寺が舞台で、移住するか、しないか、選択を迫られた地域の話だ。寺は幼稚園を併設していること、地域の拠り所であること、三世代同居であること、などを考慮して、移住せず除染しながら住み続けることを選択する。

一口に除染と言っても、これがなかなか難儀な作業で、家の周りの土を五センチほど掘り起こして新しい土に替える。しかし、汚染された土はどこへ捨てるのか、という問題が残り、結局、境内の隅に大きな穴を掘って埋める。それを自分たちの手でやらねばならぬ。

屋根もまた汚染がひどく、いったんは高圧洗浄で洗い流すが、結局、全部葺《ふ》き替えた。

五百万円ほどする放射線量測定器を自費で購入し、日々、土や食べ物の放射線量を測定し、汚染物質を体内に取り込まないよう工夫して暮らしている。

細かい数字は省略するが、この地区の放射線量は事故後およそ百倍ほどにもなった（現在は安全と言われる基準まで下がっている）。しかし、原子力規制委員会そのものがいわば国の言うがままなので、「安全宣言」といっても決して信用できない。

では、避難すればいいのにと思われるかもしれないが、経済的にも心情的にも難しい面もあり、結局、行くも地獄、留まるも地獄なのである。

この映画は、真行寺のお嫁さんが、園児や自分の子どもに、少しでも安全な食品を食べさせたいと、全国に物品提供を呼びかけ、寺に青空市場を開く運動を進めていくという話である。寄せられた安全な野菜や果物を、近所の人や園児のお母さんたちと分け合い、困難を跳ね返し生き抜いている。美しい人とはこういう人を言うのだろう。実に魅力的な女性である。

この話には続きがあって……。

実は真行寺の先代の住職は、大学のスキークラブの先輩なのである。そこで、我らが同期のＩさんが、青空市場には野菜などはあっても海産物がないという話を聞いて、自分の住む大磯で作られる天日干しのアジを福島の子どもたちに食べさせたいと思い、企画を立てた。それは、「月に二度、百枚のアジを送ると年間で二十五万円かかる。一口一万円で二十五人賛同者がいれば成り立つ」という案をサークル仲間にネット上で呼びかけた。すると我々同期の九人が即、手を挙げ、その前後の学年にも広がり、あっという間に二十五人が賛同。すでに三回送付し、その都度Ｉさんからは納品書が、真行寺さんからは受け取り書がネット上に送られてくる。実に単純明快でわかりやすい。

震災に関しては、これまでずいぶん寄付もしてきたが、そのお金がどこへ消えたのかさっぱりわからない。あれはどこへ行ったのだろう、と思っている人は多いに違いない。原発の是非については、私ごときが論ずるところではないが、起きてしまった事故で実際に苦しんでいる被災者がいるのだから、東電あるいは国が手を打つのは当然であろう。復興未《いま》だしの感つのるばかりで、ほんとうに、彼らは何をやっているのかと、私の胸は煮えたぎる。

ちなみにＩさんとは、昭和の文豪・石川達三氏の子息である。社会派の血が脈々と受け継がれているのであろう。そのアイディアに拍手。

満蒙開拓平和記念館　知らなくていいのか（Ⅱ）

「満蒙開拓平和記念館」の存在を知ったのはエッセイクラブHさんの作品からであった。今から二年ほど前のことである。その時から行きたいと思いつつ、交通の便の悪さなどもあって延び延びになっていた。盆明けの一日、Hさんの骨折りで仲間五人で出かけることにした。

この記念館へ行ってみて、私が知っている「満蒙開拓団」の知識そのものがいかに浅く、いい加減なものであったか、思い知らされた。

館長の寺沢秀文さんのお父さんも開拓団で満州へ行かれ、その後、シベリアへ連れていかれ、ご苦労の末、やっとの思いで帰国されたとのこと。そんな話を織り込みながらの寺沢さんのガイドはわかりやすく説得力があった。おそらく、ガイドがなければ我々もここまで知識を深められなかっただろう。

満蒙開拓団の話はこうである。

昭和の初め、世界恐慌によって世界の生糸相場が大暴落。養蚕業を主産業にしていた長野県の農家の人々は大打撃を受け、さらに冷害も続き、暮らしは疲弊した。田畑を持つ人はまだしも、土地を持たない農家の二、三男の多くは食べていくことができない状態にあった。

そこで国は中国大陸東北部に建国された「満州国」への農業移民を計画した。この政策は「関東軍」主導で進められ、「関東軍が守るから大丈夫」とのうたい文句であったという。そして、長野県、山形県などから最終的には二十七万人もの人々が新天地を夢見て満州国へ渡ったのである。

開拓民は中国での厳しい現実に直面。さらに中国人の土地や生活を奪った（国はかなり安い金額で追い立てた）存在でもあったため、後に中国人からは略奪、暴行などの報復を受けることにもなった。移民したことにより何重もの苦難を背負わされた開拓民であった。

そして、一九四五年八月九日のソ連軍侵攻が始まる。シベリアとの国境に近い地域の入植者には、国から、その地に留まれという指令が出されたという。つまり、「人間の盾として頑張れ」ということだったらしい。「満蒙開拓団」は、国から「棄民」されたのである。腹立たしいのは人民を守るはずだった関東軍はいち早く帰国。犠牲になったのは一般国民であった。

もう一つの悲劇は送り出した方にある。長野県は教育立国として優秀な教師が多くいた。皮肉なことに当時の優秀な教師の多くがさらに「優秀」であろうとし、いかに多くの学生を満州に送り込むかに腐心したという事実である。迷っている学生に「これからは満州だ」と背中を押した先生。国に逆らうことができなかった先生。それらの映像が館内に流れていて哀切である。

この記念館では、地域の人が作ったであろうジャガイモを自由にお持ち下さいとあった。同行のKさんの発案でジャガイモ代として少し寄付をしようということになった。まことに「貧者の一灯」に過ぎなかったのだが、後日、ご丁寧なお礼状が届いた。

私たちにできることは、この記念館の存在を一人でも多くの人に知らしめること、そして一人でも多くの入館者を増やし、記念館の運営を楽にすることではないかと思っている。まだ行かれたことのない方、ぜひ一度お運びを。

蛇足ながら、我々は五人で一台の車に同乗し、高速代、ガソリン代、昼食代、入館代も含めて一人三千円ちょっとだった。幹事さんからソフトクリームを買ってもらえるおまけも。記念館のある長野県阿智村は昼神温泉の近くにある。昼神での昼食も安くて美味しく、さらに立ち並ぶ産直店では美味しいトマトが安く買え、まことに良い旅になった。

周回遅れのセクハラ意識

海外生活の長い友人が英ＢＢＣ放送制作の番組『ジャパンズ・シークレット・シェイム（日本の隠された恥）』のＤＶＤを送ってくれた。性暴力被害を告発したジャーナリスト・伊藤詩織さんを取材したドキュメンタリー番組である。

イギリスの番組なのだから英語で作られているのは当然なのに、迂闊《うかつ》なことに見始めるまで英語で作られているとは思わなかった。今更、英語だとは思いませんでしたとも言えず、「ああ、私は世界の話題にはついていけないのだ」と落ち込んだ。

ほどなくして、その友人から字幕スーパー用の台本が送られてきて「良かったらご利用ください」とあった。さりげない気遣いに感謝しつつ「ご利用」させてもらい、やっと観ることができた。

ＢＢＣ放送が制作に至るまでの流れをかいつまんで言うと……。

ハリウッドの大物プロデューサーによるセクハラが、ある女優によって告発され、同様の被害者は「Me too（私も）」と声をあげよう、という呼びかけが世界中に発信された。

それに呼応するように、日本では伊藤詩織さんが実名・顔出ししての告発に踏み切ったのである。これはとても勇気の要ることで、「世間の目」という二次被害に遭う危険性がある。

相手はテレビ局の元ワシントン支局長という地位の人であった。取材で訪れた詩織さんは大酒を飲み、あるいは飲まされ、意識がないままにホテルでレイプされた、ということである。

ちなみにその男性は安倍総理のお友達だと言う。

捜査は進み、その支局長が日本へ入国すれば、逮捕される手はずになっていた。ところが、どこからか強権が発動されたのだろう、逮捕には至らず、無罪になってしまった。

「Me too」の呼びかけに日本も乗っていけるか、世界が注目していた裁判だったので、きわめて日本的な裁判結果にBBC放送が「異議」を唱え、番組制作に至ったものである。

得々としてホテルでの状況を説明する支局長、国会では、問題の意味さえわからぬ体《てい》の安倍総理。セクシャルハラスメントに対する日本の意識の低さは恐るべきもので、自民党の杉田水脈《みお》衆議院議員に至っては「男性の前で酔っ払って記憶をなくした時点で女として落ち度がある」と発言した。これは問題のすり替えも甚だしいことである。

また、「昔から〝枕営業〟と言って、相手に取り入るために身を投げ出すということはあるわけで、その女性も見返りに何かを得たんじゃないですか」と言った人（女性）もいたのには呆れてしまった。これも失礼な話である。今、世界は「Me too」を呼びかけているというのに、同性をおとしめる発言をするとは情けなくもあり、腹立たしい。これでは「日本の隠された恥」と言われても仕方がない。

「グローバル・スタンダード（世界の基準）」からすれば日本のセクハラ意識は周回遅れもいいところである。酒の上であろうと、権力を持つ側からの強引なセックスはセクハラである、と私は思っている。

日本のテレビ界でも似たような構図は存在している。テレビ全盛期には、権力者の言いなりにならない女性の俳優は扱いにくいとされ、干されることはいくらでもあったようである。

ライターの世界も同じだと言われているが、幸か不幸か私には一度も声が掛からなかった。よほど魅力がなかったのか、怖かったのか。「Me too」と手を挙げる必要がなかったのは幸いなことであった。

生産性はないですが、何か？　周回遅れのセクハラ意識（Ⅱ）

八十代男性から手紙を戴いた。
「先月の『周回遅れの……』というタイトルではものたりないぐらい国会議員のセクハラ意識は低レベル。周回遅れならまだついて行こうという意思を感じるが、彼らの発言は、その意思さえ感じられないのだから『逆回転の……』にした方が良い」というご意見だった。おおお、八十代男性にしてこの見識の高さ！　タイトルを変えるかどうかは別にして面白いと思った。

国会では懲りない面々が、やれ「ＬＧＢＴ（性的少数者）は生産性がない」とか「同性愛は趣味みたいなもの」というアホな発言を続けている。自民党では「指導」を始めたそうだが、指導する側がどれだけ理解しているかわからないので期待はできない。

それにしても、国民の意識は日々進化しているのに、何で国会周辺のみ遅れているのだろう。やはり権力を持った途端に、ハラスメント体質が生まれるような気がする。そう言えば「このハゲー」と秘書に暴言を投げつけた女性議員もいたっけ。こう次々に問題が起こると、こちらもついて行くのが大変である。

東京大学名誉教授のロバート・キャンベル氏が同性愛者であることをカミングアウト（公表）した。これ以上黙っていることは偏見を助長し、誤解を招くばかりだからと言う。彼はすでに二十年にわたって男性との暮らしを続けており、周知の事実であった。だから今更公表するのも、と考えていたそうだが、やむにやまれぬ、と言ったところだろう。

彼の漢字や日本語の知識は半端ではない。時々、漢字クイズなどの番組に出演しており、その博識ぶりは有名で、外国人でありながら日本文学の専門家である。彼が指摘するのは、杉田、谷川という自民党の若手国会議員の「性的指向」への誤解があるということ。二人とも「性的指向」を「性的嗜好」と混同していると。漢字の「音」では同じ「しこう」だが意味は全く別物なのにその辺りが解っていない。そして「性的指向」が本人の努力によって変えられるものだと思っているのは大間違いであるとも。

確かにそうだと思う。例えば私に、「女性という性は気味が悪いから、男性になってくれ」と言われたら私は怒る。男と女という「性」があるように」「ＬＧＢＴ」という「性」もあるのだ。「ＬＧＢＴ」の人たちがマイノリティ（少数派）だから日陰者のような扱いを受けてきたが、「男」や「女」という性の方がマイノリティになったら、こちらが日陰者になるのだ。その辺りを考えれば道理がよくわかると思う。「ＬＧＢＴ」は少人数ではあるが、排除できるものではないし、してはいけないものだ。

そうそう、前回のエッセイでライターの世界で私は一度もセクハラを受けたことがないと書いたが、私にもありましたよ！　ハワイ収録に行く前のこと。担当者が「芳賀さん、予算がないので鎮《チン》さん（天野鎮雄《しずお》さん）たちと男女一部屋でいいですか」「そんなことして子どもでもできたらどうするの？」「そんな心配のない人たちばかりだから大丈夫です」「……ハハハ」というやりとりがあった。この時は大笑いで終わったのだが、考えてみれば立派なセクハラである。一緒になって笑っている場合ではなかった。結局、一人部屋にしてもらえたのだが、今頃になって俄然、周回遅れの怒りがこみ上げてきた。

また思い出した。一人部屋にしてもらったために、私にはホテル代が十七万円も余分に掛かったそうな。そこで鎮さんはビジネスだけど芳賀さんはエコノミーで我慢してと言われた。いまさらだけど、これもセクハラだったんじゃないですか。

実《げ》に恐ろしきは

戦後約三十年も経ってルバング島から帰国した小野田寛郎《おのだひろお》さんが九十一歳で亡くなった。小野田さんとは番組の取材でお目にかかり、ラジオ番組とトークショーの台本を書かせてもらったことがある。八事山興正寺の故・吉田宏岳住職の法話を書いていた頃のこと。吉田住職は子どもの教育に関心が高く、常々、現状を憂いておられた。そのため、私は、子どもの教育の問題点を探る番組や本の出版を何度か任せていただいていた。住職は、小野田さんが日本の子ども達の未来に危機感を持ち、自然塾を開かれたことに共感、ぜひ、対談したいと望まれたのだった。

小野田さんと住職は、「日本の子どもの目が死んでいる」との点で一致されていた。「キラキラした輝きがない」と。確かにゲームにハマっていたり、夜の十一時頃に塾帰りをしている子ども達から輝きは感じられない（私の偏見かもしれないが）。

小野田さん曰く「テレビゲームがいくら面白くても停電になったら遊ぶこともできない。そんなの子どもの遊びじゃないよ」。また、「夜の十一時に地下鉄に乗ってるなんて、子どもの心身の成長に一番大事な時間なんだよ、寝てなきゃあ」と言われた。私も、スクールバッグを手にした子ども数人が、地下鉄の中でもさらにテキストを開いているのを目にし、今どきの子どもは大変だなぁと思ったことがある。

小野田さんがルバング島で過ごした三十年の間には終戦のチラシ、投降を呼びかけるチラシなど何度も目にしていたと言う。また、お身内が「戦争が終わったこと、平和な時代になっていること」を呼びかけられたのも、たった百五十メートルしか離れていない場所で聞いていたそうである。しかしそれも「アメリカ軍に利用されているとしか考えられなかった」とのことである。彼は陸軍中野学校の出身で、いわゆるスパイ教育を受けており、容易に人を信じない。唯一信じることができるのは「直属の上官の命令」のみである。そこで、最終的には元上官に「任務を解く」との言葉をもらい、やっと帰国に至ったものである。いくら、親兄弟の説得があっても上官の命令がない以上、任務から離れるわけにはいかなかったと言う。ご本人の性格もあるだろうが、実《ゲ》に恐ろしきは教育である。

帰国後の小野田さんはブラジルで牧場経営に乗り出し成功を収めた。が、その後、「子どもが親を金属バットで殺す」という一九八〇年に起きた尊属殺人事件に衝撃を受け、このままでは日本はダメになると、自然塾で「どんな環境でも生きられる人間の育成」に力を尽くされたのである。

子ども達の教育環境の悪化が叫ばれている現在、もっともっと小野田さんから学ぶことはあったと思う。

ここからは余談だが、八十三歳の小野田さんを伴って番組スタッフと昼食に出た時のこと。その歩くスピードの速いこと疾風《はやて》の如くで、誰もついていけない。密林で三十年もの間、危険から身を守っていた人には敵わないのである。

収録が終わって「一度、ブラジルの牧場へ取材に来て下さい」と言われた。その牧場というのがサンパウロからプロペラ機に乗り換え二時間ほど飛び、さらにバスで十時間という山の中らしいのだ。小野田さんはこともなげに、「バスは時々強盗に襲われるんだけれども、護身用のピストルを貸してあげるから大丈夫ですよ」と言われた。私は水鉄砲しか撃ったことのない人間で、間違っても「女・小野田さん」にはなれないと思ったことであった。

箱根の山も温暖化

この四十年、ほぼ毎年箱根へ避暑に行っている。と言うと、「まあ、リッチな」と思われるかも知れないが、費用は学生時代の先輩持ちというまことに結構な旅だから行けるのである。

なぜ箱根なのかと問われれば、「彼女が箱根好きだから」「私は箱根駅伝好きだから」ということである。で結局、四十年も通っているのだ。

しかしこの十年、「避暑地・箱根」という括り方には疑問をもつ。四十年前、初めて箱根を訪れた時、「ああ、この涼しさは都会とは違う」と大いに実感した。梅雨時の紫陽花《アジサイ》が、八月の箱根登山鉄道の両側に瑞々しく咲き、やはり山の気候なんだと思ったものだ。ところが昨今では、八月に箱根で見る紫陽花はすでにドライフラワーのようになっており、温暖化はここまで及んでいると痛切に思うばかりである。

さて、これだけ通っていると、大体行くべき所へは行ってしまっているので、今年はエッセイスト・玉村豊男が経営するレストラン&ミュージアムへ行ってみることにした。

玉村豊男という人は、文章は書くわ絵は描くわ、実にマルチな才能を持った芸術家である。それだけではなく、長野県に巨大なブドウ畑を作りワイナリーを経営。しかもそのワイナリーの周辺にレストランを開いたところ、話題性もありけっこう繁盛したらしい。そこで箱根にも進出したのだろう、一大観光スポットができ、かなり賑わっていた。芸術家であると同時に実業家としても才能があるとみえる。

私は美味しいイタリアンに舌鼓を打ち、豊村が描く植物画に感心していたところ、同行の彼女は違う見解を持ったようだ。

「一見いいようで、すべてに何かが足りない」と言う。この「何かは口では言えないが、料理も絵も、なぜか普通に良いだけなの、突き抜けてないの」との指摘。世界各地の美術館巡りをし、ワイン通であり、グルメでもある彼女の言うことだから、おそらく正しい指摘なのだろう。「大体、実業家として成功している芸術家なんて、わたくしは許せないの」と言う。「でもそういう恵まれた人だっているのかも」と言ってみるが、「ダメ、古今東西、芸術というものは満たされない中から生まれるものなの」と一歩も退かない。日頃、ぼんやりと生きている私にもそれは何となくわかる。

気分を変えて例年通り芦ノ湖の海賊船に乗る。派手に塗りあげられた船体は赤、青、黄と三色あるが、なぜか彼女は赤に拘《こだわ》る人で、「赤に乗れるまで待とうよ」と言う。「ワガママなお方」と思うが、「泣く子とスポンサーには勝てない」のが世の常。おとなしく待つ。で、乗ってどうなのか。そんなに拘って乗った赤と金の満艦飾の遊覧船だが、乗っている自分たちにはまるで見えないのだから、湖畔で眺めているか、別の色の船に乗り、通り過ぎる赤い船を見る方がよほど奇麗だと思うのである。

私にとっての箱根は、やはり「箱根駅伝」である。「ああ、この坂をあえぎあえぎ登るのだ」とか、「このカーブを曲がると芦ノ湖が見えてくる」とか、画面で覚えている場所を見つけると嬉しくてたまらない。しかし、彼女はまったく反応しない。

そうだ、彼女とは趣味も、感性も、思考回路が何もかも違うんだった。なんでこんな坂を走って登るの?と思う人なんだった。それでいて、五十年以上も仲良くしてもらっている人なんだった。

「一度、冬の箱根も来てみない?　駅伝を見がてら」と聞いてみた。「お一人でどうぞ、費用もご自分で」とあっさり断られてしまった。かくして、来年も再来年も、涼しくない箱根に避暑に来ることになるのだろう。有難き哉、友よ!

活きたお金を使った人は

五月は、公私ともども大変に忙しかった。得意の早起き作戦で仕事をこなしつつ、プライベートな旅行にも出かけ、それで痩せもせず……。

まず、五月初頭に、誕生日プレゼントとして友人が浜松のフラワーパークへ連れて行ってくれた。今年は三月が暖かかったせいか、フジ棚に花はなく、葉っぱのみ繁っていた。暑い日だったので日よけにはなったが物足りない。しかし、バラがはや満開を迎えており、これで気持ちの帳尻を合わせた。もうこの年になると誕生日といっても、めでたくもなんともないが、こういうプレゼントはやはり嬉しいものである。

月半ばには、高校のクラス会で金沢へ行った。経費節減のため、泊まるところはビジネスホテルにして、夕飯は外へ食べに行くという幹事さん苦肉の策であった。ところが、店の選定を、金持ち度が高めの男性が担当した。彼が選んだのは金沢でも有名な料理屋で、当然、料金もそれなりのものであった。幹事さんの経費節減作戦は、結果的にはあまり効果がなかったかもしれない。が、こういうチャンスでもないとなかなか食べられない店なので、良しとしよう。

古都金沢は想像以上に魅力のある街であった。道行く人が街の歴史に詳しく、すれ違っただけなのに親切に由緒を教えてくれたりし、街全体が「ウエルカム・モード」になっていた。さすが観光都市人気ナンバーワンである。

最後は月末に仕事で上京したついでに、以前、富士山へ登った仲間と、神奈川県大磯町へ行くことになった。昔から文人墨客《ぶんじんぼっかく》が多く住み、品の良い佇《たたず》まいの町である。仲間の一人がこの町に住み、隅々まで詳しいので彼の案内を請うことにした。富士山でミソをつけている私には「小高い山へ登るけど、小出さん（旧姓）、足は大丈夫か」という問い合わせがあった。「私は昔の私ならず、ダンスで鍛えているから大丈夫。何ならタンゴで踊りながら山を登ってもいいんだよ」と大きいことを言う。

そんなこんなで大磯巡りが始まった。まず、バスで「湘南平」まで行く。そこからは相模湾が一望でき、江ノ島や真鶴半島、遠くには房総半島までがパノラマ状に広がっている。大きく深呼吸した時の爽快さと言ったら……。

足を心配された私だったが、一日中歩いて二万歩ほどになったがへっちゃらだった。

澤田美喜記念館、島崎藤村旧宅、西行の鴫立庵《しぎたつあん》等を見て、最後は鄙稀《ひなまれ》（田舎にしては上等）のイタリアンで締めくくった。……と書くと、すべて順調な旅だったような感じだが、なんと行く前には「弁当を誰が買うか」という小さな問題で大モメにモメ、あわや中止になりそうになった。たかが「弁当一つ」と侮るなかれ、爺さん、婆さんは自己主張が強く絶対に自分を曲げないからやっかいである。

同じように自分を曲げなかった人でも、澤田美喜には立派な信念があった。三菱財閥の創業者・岩崎彌太郎の孫という何不自由ない暮らしであったにもかかわらず、その財力を、アメリカ人と日本人の女性の間に生まれた戦争の落とし子たちの養育支援につぎ込み、親戚中から猛反対を受けても彼女は動じなかったと言う。戦後、物の無い時代、どんなにご苦労があったことだろう。もう、そのエリザベス・サンダース・ホームはないが、彼女が世界中から収集したという「隠れキリシタン」が持っていた「十字架を隠して作られた品々」の展示館がある。

今回のいろいろな旅では、つくづくお金の使い方を考えさせられた。お金はどう使うかにより、活きた金にも死んだ金にもなる、ということがわかった。澤田美喜さんが活きたお金を使われたお蔭で、何人の子どもたちの命が救われたことだろう。今さらながら頭の下がる思いである。

田辺聖子、カモカのおっちゃんの元へ

作家・田辺聖子が亡くなった。享年九十一。また一人、巨星墜つといった感がある。

向田邦子に次いでよく読んだ作家で、その幅の広い作風と生き方には大いに刺激を受けた。そこはかとないユーモアと平易な文体が好き。

大阪の写真館の娘として生まれた田辺は何不自由なく少女時代を送ったが、戦争で焼け出され何もかも失ってしまう。会社員をしながら小説修業を続け、三十六歳の時、『感傷旅行』で第五十回芥川賞を受賞。仕事も恋もする独身女性をカッコ良く描いた。

その後の人生において決定的な出来事としては、三十八歳の時の結婚が挙げられよう。作家仲間だった川野彰子が亡くなったあと、川野の夫であり四人の子どもを持つ開業医の川野純夫氏と結婚したのである。

芥川賞を取ったばかりで多忙を極めていた頃であり、小学生から中学生、高校生という多感な、なさぬ仲の子ども達との暮らしは相当に難儀であったものと思われる。子ども達の中には出来のよろしくない者もいて、しばしば学校へ呼び出される。愚痴の一つも出てきそうなものだが、「親は子どもを選べまへんから」と言いつつ、汗を掻きながら走り回ったという。

結婚相手の川野純夫氏は、豪放磊落、泰然自若の大物で、いくら忙しくても仕事を止めろとは一切言わない人であったらしい。常に「田辺聖子は天才です」と言うのが口癖だったそうで、夕方になると、「まぁ、まぁ、一杯やりまひょか」と言って酒を酌み交わした。世の中のあらゆることに一家言《いっかげん》持っており、田辺聖子の作品に大きな影響を与えたと思われる。川野氏を想定した「カモカ（得たいの知れないオバケ）のおっちゃんシリーズ」、高齢女性の痛快な日常を描いた「歌子さんシリーズ」など、新しいジャンルを切り開いていった。

彼女が偉いのは、そういった「おちゃらけシリーズ」を書きつつ、後世に残るような文学的価値の高い作品も書いているところだ。よく調べ、さらに彼女独自の目線で切り込んだ『ひねくれ一茶』『花衣ぬぐやまつわる……──わが愛の杉田久女』『新源氏物語』など、文学的価値の高い作品を残しているのは賞賛に値する。

二〇〇〇年文化功労賞、二〇〇八年文化勲章を受章しているが、他にも、女流文学賞、吉川英治文学賞、朝日賞、泉鏡花文学賞など、数々の大きな賞を受けている。つまり、その賞に値するだけの文学作品を残したのである。

それにしても、もう一度、読んで確認したい作品もあり本屋さんへ走ったところ、ちょっとしたカルチャーショックを受けた。

「田辺聖子の本はどの辺りですか」

「タナベセイコですか。ジャンルは何ですか」

「小説とかエッセイとかいろいろ書いてる人で。この前、亡くなった……」

「タナベ、タナベ……」と言いながら本屋のお兄さんは本棚を探してくれ、「ないですねえ」と気のない返事。

「そんなはずはないけど。あのねえ、芥川賞作家で、文化勲章ももらってて……」

お兄さんは誰かに相談に行ったまま帰ってこない。見れば、周りはコミックとゲームソフトなど玩具っぽいものばかりで、本らしきものはどこにも見当たらない（フロアによっては多少の本がある）。そのお兄さんはゲームのことは詳しくても、田辺聖子は知らないらしい。

今頃、天国でカモカのおっちゃんと「近頃の本屋は本を置かんのとちゃいますか」と嘆いていることだろう。ああ、一つの文化が終わったと感じる「本のない本屋さん」であった。

我ら昭和党好み

このところ良い旅をしている。

取材方々出かけて思わずニンマリの拾いものの美術館だったり、お城だったり、観音様だったり……。

まず、仕事で上京したついでに「長谷川町子美術館」へ行った。ずいぶん前から一度行きたいと思っていた場所である。というのは、大学の卒論で『サザエさん』をテーマにしたいと思うほど好きな漫画だったからである。結局、今ほど漫画が一つの文化として認められてはおらず、時期尚早ということで他のテーマで書いたのだが、今でも残念に思っている。

我々にとって昭和の漫画と言えば、なんといっても『鉄腕アトム』と『サザエさん』である。

その「サザエさん」ワールドにどっぷりと浸かるつもりで出かけて行った。だが、魅力はそれだけではなかった。意外なことに長谷川町子は美術品収集家でもあり、国内外の作品が八百点ほど収蔵されているという。五月の末に行ったのだが、その時は日本画の名品が展示されていた。横山大観、菱田春草、川合玉堂、前田青邨など錚々《そうそう》たる大家の作品がさりげなく展示されている。小さな美術館なのでたくさんは飾れず、時期ごとに替わるようである。

日本画ばかりでなくルノアールやシャガールなどの洋画の名品や、河井寛次郎の陶器などもある。のけぞるような美術品を、こんなにも所有しているとは知らなかった。それでいて入館料は六百円（シニア五百円）、ワンコインでとてもリッチな気分で帰ってきた。

次なる旅は、現存している最古の天守閣を持つと言われる丸岡城である。

福井県丸岡町と言えば、「一筆啓上、日本一短い手紙コンクール」で有名な町である。文学賞の継続の仕方や発信の仕方を知るために訪れてみた。ほんとうに小さな町で、「丸岡城」と「一筆啓上……」だけで全国的な知名度を誇るのは並大抵の努力ではないと思うが、町は、その二つを売り物に、ローカルの地でイキイキとしている。やればできると思わされた。

「一筆啓上」は、丸岡城の武士が妻へ宛てた手紙に「一筆啓上　火の用心　お仙泣かすな　馬肥やせ」という簡潔な手紙を出したことに由来する。つまり、「一言申す。火の用心をし、子どもを可愛がり、馬を大切にしてくれ」という意味だろうか、実にシンプルな手紙である。

このコンクールは平成五年に始まったというから四半世紀の歴史があり、毎年「母、父、花、歌」などとテーマを決めて募集している。入賞作品を町のあちこちに張り出していて、当然、丸岡城への登りの坂道には最新の作品が張り出されている。観光客は古い城を見つつ、現代人の息吹のような短い手紙をも見ることができ、面白い企画だと思った。

最後に、長浜市の高月にある渡岸寺観音堂（別称・向源寺）で国宝十一面観世音菩薩を観てきた。天平八年、疫病が大流行し死者が相次いだことを、時の聖武天皇が憂い、造らせたという。以来病除けの霊験あらたかな観音像として大切にされてきたものの、戦乱の世には浅井・織田の戦のため寺は廃絶の憂き目に。観音様を崇拝する住民たちの手で土中に埋められ、かろうじて難を逃れたものである。従って、お顔は真っ黒、金箔はほんの一部にうっすらと見える程度である。町の苦難を象徴するようなこの観音様を拝観し、無病息災を願った。

長谷川町子美術館、丸岡城、渡岸寺の観音様。皆、派手ではないが品のある佇まいが、我ら昭和党には心地良い。病除けもしたことだし、なぜか一生死なないような気がしてきた。

スポーツ少女は今も

楕円《だえん》の悪戯《いたずら》

関東大学ラグビー・リーグ最終戦「早稲田対明治」を観戦した。野球は早慶戦、ラグビーは早明戦、数々のドラマを生んできた伝統の一戦である。まもなく取り壊される国立競技場での最後の早明戦ということもあり、超満員である。場内へ入った途端、両校応援団によるエールの交換があり、一瞬にして五十年前の学生気分に。

同行してくれたのは大学のスキーサークルの仲間で、一緒に富士山へ登った山男クン達である。毎年声をかけてくれてはいたが、十二月はライターにとって地獄の日々、とても出られる状態ではなかった。今年はたまたま別件で上京せざるを得なくなり、ついでに観戦することができた。

これまでも「早明戦」だけは毎年、テレビ観戦を続けていた。華麗なステップの松尾雄治、とてつもない快足の吉田義人など、なぜか明治のかつての名選手を思い出す。個人の能力が高い明治と組織プレーの早稲田の違いだろうか。

と偉そうに言っても、私自身は「パスは後ろにしか出せない」というルールを知っているぐらいで、それほどラグビーに詳しいわけではないのだが。

私はとにかくスポーツ観戦が好きだ。この臨場感、熱気、一体感、これらは会場へ足を運んだ者にしかわからない。これが堪えられないのだ。その原点は「母」にある。「試合が観たい」と言えばどこへでも連れて行ってくれた。

家が高校野球の名門・中京商業（現・中京大中京）の隣だったせいか、私たちは「中商」を応援していた。毎年、地区予選の決勝は七月末の一番暑い時期に鳴海球場で行われていた。いくら暑くても、遠くても、決勝に中商が残っていれば必ず、その球場まで出かけて行った。

鳴海駅前で焼きトウモロコシを買い、食べながら球場まで歩く。いくら温暖化が問題になる前だと言っても、夏が暑かったことに変わりはない。しかも炎天下での試合観戦はさぞ苦痛だったに違いない。しかし、決して嫌だとは言わず、むしろ母は積極的に行きたがっていた。

野球だけでなく、大相撲にも、バレーボールにも、マラソンにも、どこへでも行った。そうそう、「熱田さん」の元朝参り《がんちょうまい》にも同行してくれた。日頃はまったく不信心なくせに、入試の年には「神頼み」が欠かせない私のために、紅白歌合戦が終わると同時に立ちあがり、昭和区から熱田区の熱田神宮まで歩いて行くのだ。

勉強のできた姉達は、冷ややかに「そんな暇があったら勉強した方がいいんじゃないの」と言っていたが、母と私は敢然として歩いた。

私も人の親になり、子どもが行きたいという要求に応えてやれたかというと甚だ疑問である。暑い、寒い、遠い、疲れるなどを理由に渋ってばかりだったような気がして情けない。

話をラグビーに戻すと、圧倒的に明治のボール支配率は高かったにも関わらず、得点は15対3で早稲田が勝った。勝因は……。

専門的なことはわからないけれど、楕円形のボールがとんでもない方向へ弾み、早稲田ボールになること再々で、「楕円の悪戯」によって勝てたような気もする。もっとも、山男クン達にそんなことを言うと一笑に付されるだろうから何も言わなかったが、私はそう思った。

ラグビーの面白さは、じつはあの楕円のボールにあるのではないか。脇に抱えて走るにも、後ろへパスを出すにも、あの形が絶妙で、偉大なる楕円形という気がする。

私の母も、楕円が悪戯するように突拍子もないところがあった。それ故、優等生の姉たちからの評価は低かったが、私は、そんな母親だったからこそ、今の自分があると思っている。

サツマイモと煮干しの子　　楕円の悪戯（Ⅱ）

今年も日帰りで、東京までラグビーの早明戦を観に行ってきた。我ながらご苦労なことだと思うが、仲間の誘いにブルっと血が騒ぐ。

特に今年は、十月に亡くなった元全日本監督の平尾誠二や、同じく元監督で十年前に亡くなった宿沢広朗の話もしたくて、出かけて行った。二人とも、今後のラグビー界を背負っていくであろう逸材だっただけに、惜しいことであった。平尾は五十三歳、宿沢は五十五歳の死である。こんな長生きの時代に、なんたることと思うが寿命とは残酷なものである。

それはともかく、今年は24対22で早稲田が辛勝したが、何ともすっきりしない勝ち方であった。明治は二点差をはね返す絶好のチャンスを判断ミスで潰し、一方の早稲田は、終了間際、なりふりかまわず時間稼ぎに走った。ノーサイドの笛が鳴っても、双方の応援団ともに釈然としない感じでボヤーと終わった。

「勝負には勝ったが負け試合だったよ」

と仲間が言っていたが、そんな気がした。早稲田の選手はボールが手に付かないというか、よく前に落としていた。そうするとノック・オンと言って反則になり、相手ボールのスクラムになる。抱えて走るには都合のいい楕円のボールだが、キャッチした途端にスルッとすっぽぬけるのか、ついつい落とすこと再々であった。これも「楕円の悪戯」と言えようか。

以前、楕円が悪戯するように、突拍子もない行動をする母のことを書いたが、冬になるとしきりに母のことを思い出すので、またまた書かせてもらうことにする。

まだ小学校へ入る前のこと。寒い冬の朝、私は姉達より一足早く起きて、ご飯が炊ける頃、竈《かまど》の前で待っている。すると母が竈から、真っ黒に焦げたサツマイモを取り出してくれるのである。これは私と母だけの秘密で姉達は知らない。それがまた嬉しかった。焦げた部分を剥がしてフーフーしながら食べるサツマイモは、本当に美味しかったものである。

父や姉達がそれぞれ勤めや学校へ出て行ってしまうと、また「二人の世界」になる。おやつはいつも「煮干し」だった。頭と腹腸《はらわた》を取った煮干しを服のポケットに入れてくれる。なぜ煮干しだったのかはわからないが、いつもポケットに入っていた。

後年、母親が学校の面談に来た時、「倫子さんは細いけれど、とにかく丈夫で体力がありますね」と褒められた際、「この子は煮干しとサツマイモで育ったようなものですから」と言っているのを聞いて、「ウソでもいいから、もう少し上等なものを言えよ」と思った。私という人間を形成している素材は、かなり粗末なものだということを世間に広めているようなものだ。

この母親は秋田県出身だったので、近所の人達とは少し違った食生活をさせてくれた。例えば塩ザケをまるごと一本買って、出刃庖丁で奇麗におろす。「サケは棄てるところのない魚だから」と言って、頭からは氷頭《ひず》を取り、お腹からは筋子を取り、残りの切り身は焼いて、粗《あら》では白菜を煮る。そうそう、背骨もじっくり焼いてカリカリの骨せんべいにしてくれたっけ。

母が出刃一丁で切り分けていくのを、じっと見つめる幼い私。ちょっと怖い光景だが、私にとっては好奇心満々で、料理好きの原点になったのだと思うと懐かしい。

ラグビー観戦から大きく脱線してしまったが、なぜか、ラグビーを観がてら母を偲びたい気もするのである。自費での日帰りは痛いが、元気なうちは何とか行きたい。仲間も「来年も来いよ」と言ってくれているし、明日からはまた、せっせとラグビー貯金を始めよう。

真央の「六位」に金メダル

ソチ五輪は、仕事の都合で一度もリアルタイムで観られなかった。浅田真央選手のショートプログラムも、「何か、良くないことがあったらしい」という予備知識を得てから観たのでショックが少なくて良かった。呆然とした真央ちゃんの表情が、事の深刻さを物語っていた。それにしても十六位とは。

その前の週には、金メダル確実と言われたスキージャンプの高梨沙羅選手が突然の追い風にやられ、メダルを逃した。にもかかわらず気丈に振る舞っていた彼女。その無念さを思う時、「期待したのは皆の勝手なんだから気にすることないよ、胸を張ってお帰り！」と思ったものだ。

浅田真央は十年ほど前、軽々とトリプルアクセル（三回転半ジャンプ）を跳んでいた時期がある。年齢制限でトリノ五輪に出場できなかった頃の話である。それが今では練習でも失敗が多く、なかなか安定しない。

その理由について、あるスポーツ科学の専門家が書いていたが（正確ではないかもしれないが）、身長が四cm伸びると回転力が十四％も落ちるとのこと。真央ちゃんは十年の間に十cm近く伸びている。それに伴って体重も増加しているだろう。その上、体型的に肩幅が広く回転するにはまことに不都合なことになったらしい。つまり「体重増加で跳びあがりにくくなったし、広い肩幅は、より空気の抵抗を受け、回転しづらくなった」と。「あんなに努力する子はいない」と言われるほど頑張った真央ちゃんだが、どうにも不安定だったトリプルアクセル。この解説を聞いた時、なるほどと思った。

トリプルアクセルというと、伊藤みどりを思い出す。このオリンピックの間、何度、アルベールビル五輪の「みどりの三回転半」が回顧映像として流されただろう。それを観てつくづく思ったことは、「みどりの前にみどりなく、みどりの後にみどりなし」である。とにかくジャンプの力強さが全然違うのだ。

ソチでは、真央はショートプログラムの失敗により大きく出遅れ、結局六位に沈んだ。けれども、フリーの演技のあとのあの涙。感動しなかった人はいまい。「跳べたね、真央ちゃん」、我々は皆そう思ったはずだ。表彰台に上がったソトニコワさん達がかすんでしまうほどの人気で、外国メディアにも伝えられた。

おそらく、真央が金メダルを取るより観る人を感動させた「六位」だったのでは、と思う。

さらに、決定的に彼女の失敗をチャラにしてくれたのが、森喜朗元首相の「あの子、大事なときには必ず転ぶんだよね」という発言。悪気はないのだろうが、相変わらずの失言居士ぶりである。これは、居酒屋などで酔っ払いのオッサン達が言うのならいい。仮にも、二十年東京五輪の組織委員会会長を引き受けている人の発言としては、あまりにも無神経で軽い。「氷の上で一回転でもしてから言え」と言いたい。

先ごろ、真央ちゃんが日本外国特派員協会での記者会見で、森さんの発言に対してコメントを求められ、「自分も失敗したくて失敗したわけじゃないので、それはちょっと違うかなと思った。森さんはああいう発言をしたことについて、今は「少し後悔している」かなと思います」と述べ、記者団を大いに笑わせた。七十六歳の森さんよりよほど大人である。

このあと、森さんは、真央ちゃんのコメントを聞かされ「後悔はしてないけど、ナンタラカンタラ……」言ったそうである。「少し後悔してます」と言えば、真央ちゃんがウケた続きのコメントとして、笑い話で済ませられたのに、なんともユーモアのセンスのないお方である。

輝くばかりの十八歳

巷《ちまた》では、十八歳と八十一歳という、数字を逆に並べるだけでこんなに違いがある、という遊びが流行っている。例えば、

○道路を暴走するのが18歳、逆走するのが81歳
○恋におぼれるのが18歳、風呂で溺れるのが81歳
○まだ何も知らないのが18歳、何も覚えていないのが81歳
○心がもろいのが18歳、骨がもろいのが81歳

このように、とかく脆弱《ぜいじゃく》といわれる十八歳だが、この夏はスーパー十八歳たちにすっかり魅了されてしまった。第九十九回全国高等学校野球選手権大会でのこと。今年の甲子園は早稲田実業が西東京大会でまさかの敗退。話題の清宮幸太郎選手は本大会には出場できなかった。これでは盛り上がりに欠ける大会になるな、と思ったのだが、どうしてどうし

て、見どころの多い熱い闘いであった。幸いなことに自宅でもできる仕事が多かったので、「片目でテレビ、片目でパソコン」のまことに充実した日々を送った。

まず、一番印象に残ったのが大阪桐蔭の三回戦、対仙台育英の試合である。大阪桐蔭はこの試合に勝てば準々決勝に進み、春夏連覇に向けて大きく前進するはずだった。試合は一対〇で大阪桐蔭がリード、九回裏仙台育英の攻撃。二アウト一塁二塁でバッターはショートゴロを打った。余裕でボールは一塁へ。アナウンサーは「大阪桐蔭勝ちました」と言い、キャプテンの福井捕手は歓喜のガッツポーズをした。しかし、「あ、セーフの判定です。一塁手の足が離れていたようです」と言い直しのアナウンスがあり、二アウト満塁で再開された。それでもまだ大阪桐蔭は負けるとは思っていなかったことだろう。しかし、次のバッターの打球は快音を残し外野手の頭上を越し、二者生還、あっという間に逆転サヨナラになってしまった。

呆然とする大阪桐蔭ナインたち。「準々決勝」も「春夏連覇」も一瞬にして打ち砕かれてしまった。甲子園には魔物が棲んでいるとよく言われるが、まさに魔物に取り憑かれたとしか言いようがない。西谷監督の片腕と言われる福井捕手を中心にした今年のチームは文句なく優勝候補の筆頭だったのだから。

強いチームには必ず良いキャッチャーがいるというのは定説だが、その点から言うと、今年の甲子園にはもう一人、スーパー捕手が生まれた。広島・広陵高校の中村奨成選手である。

とにかくよく打つ。清原の持つ一大会最多本塁打を三十二年ぶりに塗り替え六本のホームランを打った。六試合すべてに複数安打を放ち、二十八打数十九安打、打率なんと六割八分という驚異的な数字を残した。さらに余所《よそ》のチームが盗塁をビビると言われるほどの肩の良さ、しかも、自分自身は隙あらば盗塁するという足の速さ、ずんぐり・鈍足タイプが多い捕手のイメージをすっかり変える選手であった。

結局、今年の優勝はダーク・ホース的存在だった埼玉の花咲徳栄《はなさきとくはる》に輝いた。余談だが、ワタクシ的には、この宝塚歌劇団と街金を合わせたような校名とカラフルなユニホームは好まないけれど（私のワガママです。本気にしないでください）。

それはともかく、ほんとうに面白い夏の甲子園ではあった。今も広陵・中村奨成選手のマスク越しに相手を窺うキリリとした眼差しを思い出す。まさしく十八歳の輝きであろう。

冒頭の言葉遊びに倣《なら》って私も駄作を一つ。

○「メイド」にときめくのが18歳、「メイド」を嫌うのが81歳
八十一歳の方に近い私、冥途《めいど》は避けて通りたい。

高校野球オタクがゆく

不来方《こずかた》のお城の草に寝ころびて
空に吸はれし
十五の心
石川啄木

この歌に詠まれた不来方は岩手地方の旧称である。北のどん詰まりには誰も来たがらないという意味があったとか。今年の第八十九回選抜高校野球大会に不来方高校が出場した。部員、わずか十人。開会式で各校が整列する中、極端に短い列が目をひいた。二十一対〇で大敗した岐阜の多治見、四十年前の二十四の瞳が三十二に増えたという高知の中村とともに、二十一世紀枠で選抜された公立高校である。判官《ほうがん》びいきで、三校を密かに応援していたが、三校とも一回戦で敗退したのは残念だった。

開会式の入場行進で一番拍手が多かったのは清宮幸太郎がいる早稲田実業だった。いきなり明徳義塾と対戦。逆転勝ちするも二回戦で敗退。これではハナのない大会になってしまったなぁと思っていたら、二試合続けて引き分け再試合があり、俄然、熱を帯びてくる。そして決勝は、初の大阪勢同士の対戦となり、大阪桐蔭が二度目の優勝を果たした。二週間かけて、三十二校だったのが一校になる、ただそれだけのことだが、それが美しい。

私は中京商業（現・中京大中京）の隣で育ち、高校野球好きはここらに起因していると思う。

中商の選手の休みは元旦だけだった。明けても暮れてもうちの前の急な坂道を、せっせ、せっせと走る姿に、一生懸命を愛する母はお茶でも出しそうな気配だった。「あの子たちはほんとに偉い。あなたもグータラしてないでここを走れば！」と、小学生の私に言うのである。昔からトンチンカンな人だったから気にすることはないのだが、「あの子たちは偉い」という言葉は刷り込まれ、選手への敬意が培われた。

その後、好きなチームはいろいろ変わったが、高校野球への応援はずっと続き、今に至っている。基本的に「あの子たちは偉い」が効いている。

あまり役には立ちそうもない「高校野球オタク」だが、仕事の上で助かったこともある。例えば、取材先で私とは相性が悪そうな担当者がいたとする。「チッ」という声が聞こえそうな感じで、めんどくさそうに、こちらの企画書を見ながら高校野球の中継をチラ見している。そこで、「あの監督は以前、○○高校の全盛期を作った人ですよね」と言ってみる。「へぇ、芳賀さん、高校野球好き？」「徳島の池田高校が好きでした」「あの蔦監督の？」「そうです、強かったですね。九番バッター山口がいきなりホームランを打って」「何とかっていう池田のキャプテンが小柄でさぁ、優勝旗を持ってヨタヨタしてたよなぁ」「セカンドの窪ですね」。もうこの頃には二人の間にハートマークが点る。そして、「芳賀さんに任せるから」は、ぐんと近づく。

もちろん、そのために高校野球好きになったわけではないけれど、今でもその担当者から「高校野球が始まると芳賀さんを思い出して」という年賀状が来ると、けっこう趣味と実益を兼ねていたのではなかろうかと思えてくる。

しかしながら、先日テレビを観ていて私のオタク度なんてまだまだ甘いと思わされた。その人は地区予選から見ていて、その年の強いチーム、優れた選手を選び、その活躍ぶりを予測するのだと言う。全国を飛び回るから、体力、気力、財力ともに大変である。それで当たったからといって、それがどうしたと言われるのがオチで、と笑う彼。私としてはオタクのカガミここにあり、と大いに尊敬するのだが。

遙かな甲子園

二〇〇二年、夏の甲子園は明徳義塾の初優勝で幕を閉じた。あの〝五打席連続敬遠〟で有名になった高校である。

話は一九九二年にさかのぼる。二回戦で石川県代表の星稜校と当たった。当時星稜には超高校級のスラッガー・松井秀喜選手（現・巨人のちに大リーグ）がいて、打ちまくっていた。そこで、明徳・馬淵監督の取った作戦は、ランナーがいる、いないにかかわらず、松井選手の全打席を敬遠する、というものだった。

結果的にはこの敬遠策が功を奏し、明徳は勝った。もちろん、敬遠という策がルール違反ではないのだから、作戦として間違いではないだろう。しかし、後味が悪かったし、好きか嫌いかと問われたら私は嫌いだ。言うまでもなく、高校野球というのは部活動であり、教育の一環である。きれいごとを言うわけではないが、勝てばいいというものではないだろう。ましてや初回から、しかもランナーもいないのに敬遠するなんて。「ここは敬遠しかない」という場面以外は、あまり使ってほしくない手である。

ここで思い出すのは常総学院・木内監督のこと。この人がまだ取手二高の監督だった頃のことだから、十七、八年前だろうか、あの桑田・清原を擁したPL学園に勝ち、結局この年、優勝してしまった。当時のPL学園は、前年に、優勝間違いなしと言われた池田高校を破り、史上最強の高校生チームと言われていた。

そのチームとの対戦を前にして木内監督は、「同じ高校生ですからね……。それよりも、うちの連中が私の言うことを聞かないものだからケンカしてるんですよ。まず、チーム内での戦いに勝たないと……」と、苦笑していた。

このチームの選手たちは、監督の止めるのも聞かず、海水浴に行ったり、どうも好き勝手をしていたらしい。それに対して監督は本気で怒っているのだが、ちっとも効き目がない。ギクシャクしたまま本番を迎え、ホトホト手を焼いているといった風情だった。

こんな状態なので、強豪を相手にしても萎縮したり、緊張したりするどころの話ではなかったのだろう。記者団の質問と、チーム事情を説明する監督との落差に思わず笑ってしまった。

えてして、こういうチームが甲子園では強いもの。何かやりそうな雰囲気を醸しだしていたが、案の定、PL学園を相手に堂々たる勝負をした。しかも土壇場であわや、うっちゃられそうになった時、満を持した木内監督が的確な指示を出し、初めて選手も素直に従って事なきを得たのである。

この話と、先の五打席連続敬遠の話はかみ合わないかも知れないが、「同じ高校生ですから……」と、つぶやいた木内監督だったら絶対に取らない戦法だな、と思う。

今回の優勝で、明徳の監督は、「甲子園にはやり残したことがあった……」と言い、人目もはばからず泣いたという。マスコミも、「過去に、ああいうことはあったが、まあ、よくやった！」という論調が多かった。

しかし、十年間の宿題を果たすことができた監督はいい。問題は、あの時〝敵前逃亡〟を強いられたピッチャー河野和洋の方である。ずっと〝あの時の投手〟と言われながらの人生は果たして!!（二〇二〇年の最新情報では、千葉大学野球リーグに所属する帝京平成大学のコーチとして活躍中とありました）。

ところで、この話を友人の国際政治学者にしたところ、「明徳義塾？　それ、予備校？」と言われ仰天した。そうか、世の中、案外そんなものかも知れない。十年もの間、こんなことにこだわってきた私って、いったい……。

「手ぶら」で帰すわけにはいかない

ロンドンオリンピックが終わり、いろいろな思いを持ちながらも楽しませてもらった。序盤、金メダルは絶対と言われていた体操の内村航平がいきなり鉄棒で落下し、オリンピックの怖さを思い知らされた。その後、内村の顔が日に日に痩せ、そのプレッシャーの大きさを思い切なかった。そこからよく立ち直り、団体の金こそ中国に譲ったものの銀メダルを獲得、個人総合では金メダルに輝いたのは立派だった。

期待された平泳ぎの北島康介は二十九歳という年齢もあってか三連覇を逃した。しかし、後輩たちに「康介さんを手ぶらで帰すわけにはいかない」との思いを呼び起こさせ、メドレーリレーで初めてのメダルを取った。この言葉には、元スポーツ少女である私も泣かされた。NHKの「もう一度観たい名場面」のランキングでも一位だったと聞く。

この感動に触発されたわけでもあるまいが、今オリンピックの特徴として、個人よりも団体での好成績が目立った。それも、これまで期待されていなかったアーチェリー女子、卓球女子、バドミントン女子、フェンシング男子、競泳メドレーリレー男女などがメダルを取った。ある意味で「和を以て尊しとなす」日本人らしい勝ち方だったのかも知れない。

　個人で金メダルを取る選手というのは、よほど傑出していなければならないと思う。柔道の松本薫が登場したとき、その形相の迫力にギョッとなった。これぞ金の顔というか、金以外は受け付けない顔に見えた。

　さらに、性格的にも「孤高の人」である場合が多い。大リーグのイチローにしてもそうだが、誰がなんと言おうと受け入れない強さというか、頑なさ、付き合いにくさがある。ある意味で傲慢さを持つ。過去二回のオリンピックの北島にはそれを感じた。今回それが消え、後輩たちに「康介さんを手ぶらで帰すわけにはいかない」と言わしめたところで、彼の「金」はなくなったと言えよう。それはそれでいいのだと思う。

　今大会のメダリストのコメントで気になったのは、「応援してくださった皆さんのお蔭です」と一様に言うようになったことである。そして敗者は「皆さんの期待に応えられず申し訳ない」と言う。この優等生発言は辛い。厳しい練習に耐え出場を勝ち取ったのは選手諸君であり、決して「皆さん」ではないからである。とにかく全力を尽して闘ってくれれば、あとは負けたって仕方がない。負けは負けで美しいし恥じることではない。

　その点で言うと、山ほどの金メダルを獲得したジャマイカのウサイン・ボルト選手は確かに速いし素晴らしい選手だとは思うけれど、私はあまり感動しなかった。なぜなら彼が一度も渾身の力を振り絞って闘わなかったからである。体力の温存も確かに必要ではあろうけれども、記録が狙えないと後半を流して走るのは、他の選手にも失礼だろうし、観ている私たちにも失礼である。「最後まで死ぬ気で走れ！」と日本のオバさんは叫ぶ。

腹立ちついでに言うと、日本中を沸かせてくれたあの「なでしこジャパン」の面々は、行きの飛行機はエコノミーだったそうである。ちなみに、同じサッカーチームでも男子はビジネスだったそうで、これってメチャクチャおかしい。さすがに抗議が殺到して帰りはビジネスに変更されたらしい。この五輪には選手二九三人、役員二二五人が派遣されたという。おそらく役員がエコノミーということはあるまい。とすると、女子選手をあまりにも軽んじていないか。

タスキをつなぐ

一月十一日に『第二十回全国都道府県対抗男子駅伝』が開催された。ザワザワザワっと血が騒ぎ、しっかりとテレビの前に張り付いた。駅伝というのはどこにドラマが待っているかわからないから目が離せない。民放だとCMの間にトイレに行ったり、洗濯物を干したりできるが、今回はNHKの中継なので脇目もふらず三時間余りを観てしまった。

この駅伝で楽しみにしていたのは、愛知七区アンカーにエントリーされていた神野大地である。彼は正月の箱根駅伝で驚異的な走りをし、青山学院大学を初優勝へ導いた選手である。

箱根では、往路の最終五区は小田原から芦ノ湖畔までほぼ全区内、山登りという過酷なコースである。「五区を制するものは箱根を制す」と言われ、箱根駅伝では重要な区間である。その五区では、過去に、順天大の今井正人が「山の神」の称号を受け、続いて東洋大の柏原竜二が「新・山の神」と言われ、もう二度と記録は破られまいと言われるほどの快走を見せたものである。

そんな中、神野大地クンは怖《お》めず臆《おく》せず、チャッチャカ、チャッチャカと山を登っていく。かすかに笑みさえ浮かべて、いとも簡単に走った。二位でタスキを受け、あっさりと駒大を抜き、最終的には二位に五分近い差をつけて往路優勝を果たした。コースが少し変わったので参考記録にしかならなかったが、実質、区間新記録であった。これぞ、前人未到の記録である。

その神野クンが、今回の駅伝では出身地・愛知代表として出るという。前の選手がそこそこに来れば初優勝も夢ではないかも、と思った。

ところが第一区でとんでもないアクシデントが起こった。一区を走っていた高校生・山藤《やまとう》クンが中継地点の十メートルほど手前で転んだのだ。すぐ起き上がって走り出したが、長い距離を走ってきて転ぶと、もう縺《もつ》れて走ることも歩くこともできない。最後は這《は》って必死にタスキを渡そうとした。あと十センチほどが届かない。ついに第二走者にタスキをヒョイと投げてしまった。瞬間、「あ、ヤバい」と思った。駅伝のルールではタスキは「手渡し」しなければならない。たとえ十センチでも投げればルール違反になる。案の定、二区の選手が走っている途中で「愛知の失格」がアナウンスされた。

それでも二区以下七区・神野クンまでよく走った。アクシデントがなかったら、とも思うが、それが駅伝なのである。

神野クンは超軽量で四十三キロしかないという。しかし彼は「僕がもし五十三キロの選手だとしたら、この体に十キロのダンベルをくっつけて走るようなものだから、それはしんどいと思う」と言っている。実に前向き、小柄であることをむしろ武器にしているとも思える。

チームが失格になったことを知っても、神野クンは淡々と十二人抜きを演じたらしい。モチベーションを保ち続けるのは容易なことではないだろうに、どこまでも感心な選手である。

まったくの余談だが、大相撲名古屋場所の西の花道脇にいつも座っている白い着物姿の女性は、彼の祖母であるそうな。「白鷺の姉御」と呼ばれ、名古屋場所の名物になって久しいという。何か人気者になりそうな華のあるところは、このおばあさんのＤＮＡを受け継いでいるのかも知れない。もちろん、彼の「神野大地」という名前、「神の申し子」のような気がして、何とも楽しみな青年ではある。

パ・リーグ贔屓《びいき》

今年（二〇一四）のプロ野球は、福岡ソフトバンクホークスの優勝で幕を閉じた。パ・リーグ贔屓《びいき》の私としては大変喜ばしいことである。

なぜパ・リーグが好きかと言うと、セ・リーグには「巨人」がいるからに他ならない。パ・リーグには「私のサイトウ君」もいることだし（今や〝ハンカチ王子〟などと大きな声では言えなくなってきたが）、断然、パ・リーグが好き！

ソフトバンクはシーズン中、かなり余裕で勝ち進んでいたものの、終盤になり優勝がちらつき始めたころから突然勝てなくなった。オリックスと死闘を繰り広げ、やっとパ・リーグを制したのは、十月二日のリーグ最終戦であった。さらに、CS（クライマックス・シリーズ）の最終ステージでも、あわや日ハムに持っていかれそうになったが、これまた最終日に勝ち、日本シリーズへの出場権を得たものである。

一方のセ・リーグ阪神は、シーズンでは巨人に優勝をさらわれたものの、CSで巨人に圧勝し、波に乗って日本シリーズに出てきた。当然、勢いは阪神にあると思われたが野球とはわからないもの、初戦を取っただけでソフトバンクにいいようにやられた。やはり、最終決戦を勝ち抜いてきたチームの勝負強さに負けたということだろうか。象徴的だったのが、優勝が決まった試合の幕切れ、併殺崩れで同点になったかと思った瞬間、阪神・西岡が守備妨害を取られ万事休した。阪神・和田監督が猛然と抗議をしている横でソフトバンクが胴上げをするという珍しい光景が観られた（当時はまだ「チャレンジ」というビデオ判定の制度はなかった）。誰が悪いわけでもなく、勢いの差だったのだろう。

秋山監督も「何だかよくわからないが勝ってしまった」という不思議な表情をしていたのが印象に残った。この人は、監督としては人が良すぎるような気がする。田舎町の自警消防団の団長あたりが向いていそうな朴訥《ぼくとつ》なところがある。積極的に選手をリードしていくタイプではなく、ベンチの奥に座って静かに観戦しているように見える。ただ、日本シリーズに限って言えば、「自分をアピールする場だと思え」と選手たちを鼓舞したという。シーズンも固くなり苦戦した選手たちへ、最もふさわしい助言だったのではないか。監督として最後にクリーンヒットを飛ばして去っていったように思う。

日本のプロ野球は、良くも悪くも「初めに巨人ありき」で発展してきた。巨人は金にあかせて他球団のエースと四番とを引っ張ってきては常勝球団に仕立て上げた。戦力均衡を図るためのドラフト制度が作られたあとも、「逆指名」なんぞという言葉で骨抜きにしたり、「江川問題」「桑田問題」など、これまでにどれだけ球界の規律を歪ませてきたことだろう。言い出したらキリがない。以前、「これを最後にするから、今回だけ巨人の悪口を書かせて欲しい」と書いたことがあったが、「最後の巨人の悪口・パートⅡ」を書きたくなってきた。

でももうよそう。ソフトバンクの孫正義というとてつもない大金持ちが登場し、「巨人の横暴」なんて可愛いモンよ、というぐらいの発言力を持っているらしい。パ・リーグは当分安泰の気配である。第一、ドラフトのクジ運ではセ・リーグを圧倒している。特に、日ハム、楽天などの運の強さと言ったら！　今年も複数競合選手の中から日ハムは早稲田大学の有村航平を、楽天は済美《さいび》高校の安楽智大の交渉権を獲得した。田中将大の類稀《たぐいまれ》な活躍も、楽天のクジ運の強さから始まったものである。あとは「私のサイトウ君」が何とか独り立ちしてくれれば、パリーグ贔屓も盤石なのであるが、「年に一度の虫干し」のように登板するのが切なくて。

プロ野球巨人風味

名古屋港水族館へ初めて行ってみたが、実におもしろかった。ペンギンたちの恋愛事情や、性転換する魚、生まれ落ちた場所の温度によってオスかメスかが決まるカメなど、目からウロコの情報満載で退屈しない。ときどき吹き出したり、感嘆したりしながら、館内を興味深く回っていた。と、その時、「クエ」という魚の前で足が止まった。

その横柄な態度、威圧的な目が何とも嫌なヤツ、誰かに似てる、と思ったら、読売グループの最高権力者・渡辺恒雄氏にそっくりだった。そう、あの「ナベツネ」さんである。彼の不愉快な言動については何度も書いてきた。多分、最後にするのでもう一度だけ書かせて欲しい。

今年のプロ野球も大詰め、さあ、いよいよ日本シリーズが始まる、という前日、巨人の清武球団代表（当時）が突然記者会見を開き、ナベツネのコーチ人事への不当介入に抗議し熱弁をふるった。いわゆる「清武の乱」である。「ナベツネ嫌い」の私としては、「これで、ナベツネもジ・エンドだ」と、我が意を得たりの気分だった。

しかし、世間の評価は必ずしも清武氏に温かくはなかった。

曰く「身内の恥を世間に晒《さら》して」

曰く「何も、日本シリーズが始まるという時に」

曰く「記者会見って何様のつもりだ」

などなど。とくに男性陣の冷ややかさが目立つ。普段から割と話が合うと思っていたボーイフレンド君たちにも聴いてみたが、「内々の話だろ」「わざわざ、記者会見を開くかなあ」「自分のポストを保全したところが潔くないわな」と実にクール。改めて、男社会における「お家大事体質」の根深さを知った。「ったく男ってヤツは」（けど時々好き！）。

男性陣の冷ややかな反論は多いが、「じゃ、どうしたら、ナベツネのようなコマッタちゃんを降ろすことができるか」の意見は誰も吐かない。「困ったもんだわ」と言うばかりである。苦々しく思っている人は多いのに。

つまり、今回の「清武の乱」の意味はそこにあると思うのだ。内部ではラチが明かない、じっと世論の力を借りられるチャンスを待っていた。ナベツネの理不尽極まれり、ここだ！と思って行動を起こした、というのが騒動の狙いではなかろうか。

権力者にたてつくのは容易なことではない。大王製紙の巨額融資問題しかり、オリンパスの粉飾決算問題しかり、間違っていると思っても、権力者には逆らえないのが世の常である。内部告発があり、マスコミが騒ぎ出し、捜査のメスが入り、初めて事の重大さに気づいたようなフリをする関係者。すべて根っこは同じ体質なのである。

私には、読売新聞を退社した友人が多い。あるとき、「なんであの爺さんがいつまでもトップにいるの？　周りは何も言わないの？」と訊いてみたことがある。すると、その元読売記者さんは「そういう会社だから辞めたんじゃないか」と言った。なるほどと、妙に納得したことを思い出す。

清武氏の球団運営の手腕についてはわからないが、少なくとも、それまで他球団のエースと四番を引き抜いてきては勝っていたが、近年は育成した選手が活躍するようになってきていた。やっと、マトモな球団作りに着手した人だと思う。このところ、四年連続でドラフト一位選手が新人王を取っているのも、補強がうまく言っている証拠ではないだろうか。ナベツネ氏は「清武補強はほとんど失敗した」と言っているが、ウソだ。

水族館の「クエ」からとんでもない話になってしまった。煮ても焼いてもクエないナベツネさんだが、クエそのものは高級魚として立派にクエるそうである。（巨人ファンの方、ごめんなさい）。

ここが好き、あそこが嫌い

——テレビ・映画の鑑賞から

へぇー、そうなんだ

「聴いてくれる人はいるだろうか」と思いながら、今、三十分のラジオ特番を作っている。というのは、その内容が〝少年犯罪〟を取り上げる真面目なものだからだ。今まで、旅情報や童話の脚色など、どちらかと言えばホノボノ系の番組を多く手がけてきた。正直言って、こういう問題提起型の硬派の番組は荷が重い。ガラではない気がする。

年明けから、重い腰をあげて取材に入った。まず、少年犯罪や虐待問題にくわしい臨床心理学者の長谷川博一先生のもとに出向いた。この方は、池田小学校児童殺傷事件の宅間被告に謝罪を促すために説得に行かれたことで、ご記憶の方もあろうかと思う。こちらの質問に、ソフトな語り口で丁寧に答えてくださった。その中で、私の認識に大きな誤りがあったことを知らされた。つまり、

「少年犯罪の〝多発〟はどこからきているか」を探りたいと思っていたところ、

「少年犯罪は数字の上では増えていない。最大ピーク時よりはむしろ減ってるんです」

と、調査結果のグラフを示して説明してくださった。これはショックだった。てっきり爆

発的に増えていると思い込んでいた。これでは番組のコンセプトが根底から狂ってしまう。私の困惑した顔を見て、先生は続けられた。

「増えてはいないんですが、犯罪を起こす子の質が変わってきています。それまで親の言うことをよく聞き、成績の良い子が突然キレる……、とんでもない犯罪に走る……、その〝わけのわからなさ〟に世間が戸惑っている、ということなんですね」と。

少年犯罪は増えてないけれど、犯す子の質が変わってきている。その子たちを生み出しているこの社会とはいったい何なんだ……。

「番組の狙いはここだ！」。急遽、方向を変える。

私が、番組作りで一番心がけていることは、「へぇー、そうなんだ」と自分自身が何かを発見した驚き、心を動かされた喜び、そういうものをすくい上げることである。番組の流れとしては、少年たちの置かれている実態と犯罪を生み出している土壌をさぐること、なおかつ、防ぐ手だてを考えるというものにしたい。もちろん、三十分やそこいらで解決する問題とは思わないが、私が感じた「へぇー、そうなんだ」という認識が少しでも伝わり、今という時代を問い直すきっかけにならないだろうかと思った。

他にも、元吉本興業常務で、天才漫才師・故横山やすしのマネージャーを長年務めていたという木村政雄氏に、学校教育についての貴重な意見をお聞きした。あえて教育の専門家ではない木村氏をお訪ねしたのは、日頃から、新聞などに掲載される氏の発言に注目していたからである。

「偏差値だけでなく、熱血値、友情値、おもろい値など作ってやれば、どこかでヒーローになれる」との明快、かつ大胆な教育改革論に圧倒された。

十一人の子育てをされた各務原市の森康子さんにも、家庭教育の現場のお話を聞くことができた。この方には、いかに一人ひとりの命を慈しんで育てられたか、子育ての原点を教えられた。

番組は、これらの貴重なご意見を入れながら俳優・天野鎮雄さんをキャスターにしてスタジオトークの形式をとる。聞く人によっては、この内容が生ぬるいと感じられるかも知れない。事実、長谷川先生のところにも「そんな甘っちょろいこと言ってるからいかんのだ」という抗議があると聞く。私にも「徴兵制の必要」や「教育勅語の復活」を言ってくる人もいる。そう短絡的な発想で解決する問題ではないところに問題があると思うのだが。

三月十三日（土）午後四時オンエア。果たして、私の思いはうまく伝わるだろうか。

（この番組は平成十六年に第四十二回前島賞を受賞しました）

郵便はがき

料金受取人払郵便

名古屋中局
承認

9014

差出有効期間
2026年9月29日
まで

460-8790

101

名古屋市中区大須
1-16-29

風媒社 行

注文書◉このはがきを小社刊行書のご注文にご利用ください。

書名	部数

郵便振替同封でお送りします（1500円以上送料無料）

風媒社 愛読者カード

書　名

本書に対するご感想、今後の出版物についての企画、そのほか

お名前　　　　　　　　　　　　　　　　　　（　　　歳）

ご住所（〒　　　　　　　　）

お求めの書店名

本書を何でお知りになりましたか
①書店で見て　②知人にすすめられて
③書評を見て（紙・誌名　　　　　　　　　　）
④広告を見て（紙・誌名　　　　　　　　　　）
⑤そのほか（　　　　　　　　　　　　　　　）

＊図書目録の送付希望　□する　□しない
＊このカードを送ったことが　□ある　□ない

父よ、あなたは

私は、現在二本のラジオ番組を書いているせいか、ラジオという媒体の魅力を再認識している。声や音だけでイメージを広げ、語りかけてくるような温かさを持ち、二十一世紀にも充分残っていくメディアのような気がしている。

NHKラジオ第一放送『日曜喫茶室』という番組を聴いた。マスターをはかま満緒、ウェイトレスをアシスタントアナが演じ、その喫茶店へやって来たお客様にいろいろ話を聞くという設定になっている。

今回のお客様は、作家・エッセイストの「アガワ」こと阿川佐和子。もう一人は、こちらもマルチな才能を発揮している俳優の石原良純。両方とも父親が作家であり、慶応大学の出身という共通項を持っている。

二人が語る父親像が、いやはや何ともおもしろい。もう、理不尽なんて生易しいものではない。

まず、阿川家の方から言うと、父の阿川弘之の生活パターンと機嫌に合わせて家族は生活すべし、子どもに人権などない、という一方的な取り決めの中での暮らし方である。自宅の電話は父の仕事用。家族はもっぱら公衆電話を使わなければならなかった。父が学校を休めと言えば、子どもの気持ちなどはまったく無視される。

「風邪をひいたら、学校を休むだろう。だったら風邪をひいたと思って休め」

「もう、理屈なし、ムチャクチャでした」と語る悲惨な娘。

明日が試験で少しでも勉強がしたいと思っていると、それを見透かすように、

「ま、ま、ちょっと相手をしろ」

と、晩酌の相手を求められる。それを断ったがために、その後おとずれる試練の数々を笑いながら話すアガワ。

一方、作家であり東京都知事・石原慎太郎を父に持つ、「石原家の人々」も大変である。こちらは四兄弟で対抗する。

「そんなに電話を使いたければ、お前らで電話を引け。ただし、この家は俺のものだから家に穴をあけることは許さん」

と、やはり電話の使用に関しては不自由だったようだ。こちらの父上の唯一の取り柄は、留守が多く家に居ないことだったらしい。良純氏は阿川家の息子、つまりアガワの弟と同

級生だったので、小学生のころ「阿川君ち」へ遊びに行き、「不幸なのはウチだけじゃない。ウチは親父がほとんどいないからまだマシだ」と、つくづく思ったそうである。

子どもにとって迷惑この上ない環境だったが、二人は今、〝問題の父〟を肴《さかな》にけっこう稼いで、もとをとっているところが痛快だし笑える。しかも、きょうだいはグレもせず、無事一人前に育っているらしい。

今、親のあり方は大変難しい。

――子どもの目線までおりて一緒に悩んでやることが大切である。

――子どもが安心して心を開くまで待つ姿勢が大切である。

子育て論、教育論は果てしなく続く。

それでも不登校、引きこもり、いじめ、虐待など、子どもたちを取り巻く諸問題がマスコミに載らない日はない。

マスター・はかま満緒はいみじくも、

「こういうお父さんの家で育てられた子が、不思議にいい子に育つんだよね」

と、コメントしていたが、こういう番組を聴くと、どんな親が良いのか悪いのか、私にもさっぱりわからなくなってくる。

ラジオのおばさん

このところ、あちこちのラジオ番組へよく出ている。『花子とアン』の村岡花子風に言うと「ラジオのおばさん」になってしまった。

これは、朝日新聞夕刊に、春日井市の「日本自分史センター」が大きく取り上げられ、注目をあびたことにもよるが、今、第二の自分史ブームが到来していて、注目度があがっているせいでもある。「自分史センターの看板娘（少々、トウは立っとりますが）」としては、ここは一つ応えねばなるまい、ということで出演している。

この第二次自分史ブームのきっかけは立花隆が『自分史の書き方』という本を出し、あちこちのメディアに出てからではないかと思う。「自分史」という言葉自体は、一九七〇年代に社会学者の色川大吉氏が『ある昭和史……自分史の試み』という著書の中で初めて使ったとされているが、それから約二十年後、春日井市に「日本自分史センター」ができた。

一九九五年、春日井市に複合施設「文化フォーラムかすがい」ができることになり、その活動の中心に「自分史」を据えることになったものである。このいきさつについては私も多少の関わりを持っていたので、新聞やラジオで「自分史センター物語」をかいつまんで話すことはできる。

この夏は、朝日新聞、静岡放送、東海ラジオ、文化放送、一ツ橋大学などから取材を受けて大忙しであった。私も整理しながら返答をしているうちに「なるほど、自分史を書くことにはこういう効果があるのか」と改めて気づくこともあり、かなり勉強になった。「教えることは学ぶこと」を大いに実感したところである。

電話での出演とはいえ、午前八時の生番組への出演はかなり緊張する。ワイド番組の中のワンコーナー約十分である。一週間前には構成表がメールで届き、「Q&A」を予測し、ストップウォッチ片手に、短くコメントする練習をする。また数字など、とっさに出てこない場合を考えて必ずメモ書きを作る。長いコメントは箇条書きにして要領よく話す、など本番さながらにシュミレーションして準備する。

前日には確認の電話がある。そして、当日、三十分前にディレクターから最終確認の電話がかかってくる。いよいよと覚悟を決め、ハチミツなど舐めてウグイスのような声にし、むせたときのためにお茶を用意し、携帯など音の出そうなものをオフにする。

いよいよ五分前に本番用の電話がかかり、スタジオの放送を聴きながらスタンバイする。

ＣＭ明けにパーソナリティさんが「今日の特集は今、流行っている『自分史』を取り上げてみました。愛知県春日井市にあります『日本自分史センター』……芳賀さん、おはようございます」という具合に始まる。

出演した番組だが、今は「ファイアストレージ」というメール上の宅配便のようなものでパソコンに音声のデータが送られてくる。このテクをマスターしたので嬉しくて身内のあちこちへ送ってみた。で、その感想は、「声だけ聴いてると、すごく上品な大人の女を想像するよ」と言う。「じゃ、いつもは下品かい」と、ツッコミを入れつつニンマリ、だからラジオは好きなのだ。

ベンガル虎の声　ラジオのおばさん（Ⅱ）

十三年も台本を書いているトーク番組がいよいよネタ切れとなり、「自分史」なら自分のことを語ってもらえばいいので楽かも、と提案したところ、「あ、それ、ありだよ」ということになった。さらに「じゃあ、芳賀さん、スタジオへ入って」という話になってしまい月一でラジオに出演することになった。「この声ですが、いいですか」と言ったら、「一応、何を喋ってるかわかればいいんじゃない？」と言われ、あっさり決まってしまった。

番組は、アマチン（天野鎮雄）さんと健食会社の会長さんの世間話のような体裁をとっているが、一応台本らしきものはある。が、台本通りにいったことは一度もない。この会長さん、時には台本を持ってこられないこともあり、台本に対する敬意は皆無であるらしい。

三月に第一回の自分史の収録をしたときは悲惨だった。台本通りに進まないのは毎度のことだが、会長さんが新入りの歓迎会と称してハイテンションになり、どうにも収まらないのである。十分の番組なのに三十分以上も収録してしまい、あとはディレクターの編集に任せてスタジオをあとにした。

四月九日の放送日は誰にも知らせず暗い気持ちで聴いた。ところが意外や意外、ちゃんと三人ともまともに喋っている。きちんとつじつまがあっているのだ。聴き終わって、まずはディレクターに感謝。さすが、敏腕ディレクターだけのことはある。まさに「ゴッドハンド」であった。あわてて知人にラジコというインターネット上のアプリで聴いてもらったりした。概《おおむ》ね「わかりやすかった」という感想をもらう。

ただ声だけは隠しようがなく、「花粉症ですか」「風邪ですか」「喉がイガイガしてましたね」と、いろいろ言われた。中には「ベンガル虎」みたいでしたね、というのもあった。ベンガル虎の声を聴いたことがないので、どんな声？と聞いたら、「ガオー」ですかね、という答え。やっぱり、あまり良い声ではなかったらしい。そもそもこの声は誰に似たんだろう。考えてみるに、父方の祖母だと思い至った。

この人は低く迫力のある声で、「スイカと腰巻赤いがええ」「嫁さん、ナスビは若いがええ」と、小学生の私に世の格言？を言うのが常だった。詳しい意味は知らないが、「……が好ましい」というようなところだろうか。小学生にわかるとは思えないが未だに記憶に残っているから、おばあちゃんの教えも大したものである。

そうそう、このおばあちゃんは麻雀が好きで、毎週土曜日には家族を招集し、家族麻雀を始めるのである。私も幼いころから麻雀が好きで、父が仲間と雀卓を囲んでいる時、父の胡座《あぐら》の中で「父さん、この牌《はい》には何にも書いてないね」と言って父を慌てさせたことがあった。麻雀のキャリア充分の小学生だった私。おそらく、おばあちゃんなんかちょろいものだったと思う。

そういう中で、珍しく彼女が断トツで勝っていたことがある。しかし、最後の最後で私に役満《やくまん》を振り込んだのだ。覚えたての国士無双《こくしむそう》という手だっただろうか。今日こそは勝てると思っていたであろうに、私に振り込んでしまったおばあちゃん。ショックは大きかったとみえ、急に立てなくなり呂律《ろれつ》がおかしくなった。当時は「中気」と言っていたが、今で言う「脳卒中」だろうか、祖母六十五歳の冬のことだった。

責任を感じた私はおしめや吸呑みを買いに走ったり、小学生なのにシモの世話までした。その後、八十五歳で亡くなるまで半身不随を余儀なくされ、私も罪なことをしたものであった。

話は逸れに逸れたが、その祖母があまり美しい声ではなかったのだ。今思うと、私の声はあの麻雀の祟りだっただろうか、思い出すことしきりの昨今である。

俳句の力は限りなく

竹の子はずんずん伸びて竹になる
神の使い異土に眠れり草もみじ
戦時下に君を抱いては逃げられず

この年になるまで、以上の三句しか俳句が作れない。最初の句は、小学校五年生の時、初めて俳句なるものを教えてもらって作ったもの、いわば処女作である。「ずんずんが竹の勢いを表していて大変良い」と褒められ、のちに国語で生きることを決意した句である。二つめは、五十代も半ばになって新聞記者さん達と多治見の教会でバーベキューをした際、詠んだものである。それが思いがけずネット上で首席となり、皆が冗談に「女芭蕉だ」と持ち上げるものだからすっかり自意識過剰になって、以後句作ができなくなった。最後の句は、去年の忘年会で巨大縫いぐるみ・クマタロウをもらったことによせて「平和の俳句」風に作った一句である。

このように貧弱な句作体験だが、俳句に興味がないわけではない。最近はもっぱらテレビ番組『プレバト』の俳句の査定ランキングで楽しんでいる。

これは俳句をたしなむ芸能人が「お題」に沿って俳句を提出、それを夏井いつき先生が評価しランキングする、という番組なのだが、ダウンタウンの浜ちゃんの司会と名人位・梅沢富美男のトークが笑えるし、梅沢の暴走が止まらなくなると、浜ちゃんの「先生！」という一声で夏井先生が登場する。どんなに梅沢が偉そうに発言しようが、夏井先生は「名人の言ってることは間違ってます、この人の言うことを聞く必要はありません」ときっぱり言ったり、「名人、えらーい。そのとおりですよ」と持ち上げたり、梅沢を自由自在に使いこなす。そして、いよいよ夏井先生の添削が始まる。この添削がまた絶妙で、文字を入れ替えるだけでガラッと良くなり、なるほどと思わせる。俳句というのは「最少の文字で最大の世界を表す芸術」と言われるだけあって、面白さは無限である。

名人位にある梅沢富美男や東国原英夫などの俳句は素人とは思えないレベルである。相当にキャリアがあるのか、あるいはプロの手が入っているのかわからないが、名人位を獲得するだけのことはある。それでも名人にも段位があって、昇格試験を受けないと簡単にはランクアップできない。そのやりとりがまた楽しい。

俳句を添削するだけの番組なのに、それぞれのキャラクターを際立たせることによって、実におもしろく見せている。中でも「先生！」の夏井いつきの当為即妙な受け答えが番組の最大の魅力である。あれだけズケズケ言って嫌われないのは圧倒的な実力のせいであろう。

このように人を楽しませることができる俳句だが、人をあるべき方向へ導く力もある。先頃亡くなった、戦後を代表する俳人・金子兜太のことである。九十八歳という高齢にもかかわらず、半年前まで最も情熱を傾けていたのが、中日新聞「平和の俳句」の選者という仕事であった。投句数は三年間で十三万句以上に達し、その選句のために毎月一回、埼玉県熊谷市から北陸新幹線に乗って東京・内幸町までやってきて選に当たったそうである。戦争に対する絶対的な嫌悪感をもち、白寿にして、

東西南北若々しき平和あれよかし

と詠んだ。戦場の狂気や残虐さ、そして言論への弾圧を知る自身の経験から、平和への希求は人一倍強かったと思われる。骨太にして斬新な作風の兜太の俳句。今の時代にこそふ

さわしく、その死は本当に惜しまれる。比べるのもおこがましいが、私も、たった一度「女芭蕉」と言われたぐらいで有頂天になっておらず、早く四作目を作らなくては、と焦る今日この頃である。

弱者への眼差しのあるや

冬の初めに琵琶湖の向こう側にあるマキノ町のメタセコイアの並木を見に行った。ついでに、もう少し足を延ばして髙島市の白鬚《しらひげ》神社へも寄ってみた。観光パンフには短歌の神様とあり、以前から気になっていたからである。湖中大鳥居を持つこの神社は与謝野鉄幹・晶子、紫式部の歌碑や、松尾芭蕉の句碑などもあり、なかなか風情のある景観であった。

歌の神様にあやかって、このところ短歌や俳句がマイブームである。と言っても、自分で創るのではなく短歌集や評伝を読んでいる。『牧水の恋』『わが夫《つま》　啄木』『滑走路』等々。

創る方はまるでいけない。中学時代、短歌の宿題がどうしてもできず、姉二人に頼んでさっさと寝てしまったことがある。真面目な姉たちは夜も寝ず作歌に励んでくれたらしく、朝起きたら傑作が出来上がっていた。その良い方を選んで提出したら、なんと先生が教材として取り上げてくれ、黒板に大きく書かれたのである。

濃くうすく白線つちに交差して運動会また近づきており

という、スポーツ少女らしい歌を詠んでくれたもので、わが姉ながら上手いと思った。先生は「足の速い小出（旧姓）らしい歌だなあ、素晴らしい」と絶賛してくれた。「実は姉が……」とも言えず、うつむくのみの一時間だった。以来、私は短歌ができない。どんなに頑張っても、あの歌には勝てないのである。

ただ、短歌そのものは好きで、牧水、啄木、俵万智など、実感としてピタッとくるところがある。そうそう、畏れ多いことだが、美智子皇后（現・上皇后）の歌は格調が高く、歌会始などで目にする中でも特にお上手だと強く惹かれる。

最近、感動したのは萩原慎一郎の『滑走路』である。第一歌集の制作中に三十二歳で命を絶った歌人で、労働者の孤独と絶望が鮮烈に描かれている。何かにすがるように歌作に励み、認められつつある中での死は実にもったいない。

抑圧されたままでいるなよぼくたちは三十一文字で鳥になるのだ

消しゴムが丸くなるごと苦労してきっと優しくなってゆくのだ
空だって泣きたいときもあるだろう葡萄のような大粒の雨
ぼくも非正規きみも非正規秋がきて牛丼屋にて牛丼食べる

若者らしい青春のあがき、労働者の悲哀が描かれていて切ない。もう少し生きていたら「現代の啄木」として賞賛を浴びていたのかも。

一方、俳句でも最近、傑作にお目に掛かった。

テレビ番組『プレバト』の俳句の査定ランキングで冬麗戦を制した東国原英夫元宮崎県知事の作品。

凍蠅《いてばえ》よ生産性の我にあるや

という一句。窓枠の隅でじっと動かない蠅のいる光景を詠んだものである。寒さで動かなくなった蠅を凍蠅と言い、冬の季語らしい。何の役にも立たない蠅を我が身に置き換えて詠んだものだが、夏井先生も「たった一匹の蠅の姿を時事俳句にまで持ってきた力技《ちからわざ》」と絶賛された。昨年の「ＬＧＢＴには生産性がない」という「とんでも発言」が入っていることにより、俄然、今日性を帯びてくる。

萩原慎一郎や東国原英夫の句歌に共通するのは、「弱者への視点」が強烈に詠み込まれていることである。それこそが人の心を掴み、共感させるところではないだろうか。ただただ幸せなだけの人の作品は往々にして、ひけらかしだったり、ノーテンキだったりするので「フン、好きにすれば」と思うことが多いものである。

障害者にどこまで寄り添えるか　弱者への眼差しのあるや（Ⅱ）

私たちは障がい者のことをどれだけ知っているだろうか、どれだけ理解しているだろうか、そんな思いを改めて感じさせてくれる映画を観た。タイトルは長ったらしくて嫌いだが『こんな夜更けにバナナかよ　愛しき実話』（渡辺一史著）である。

主人公は、札幌に住む鹿野靖明さん三十四歳。一九九四年、平成の初め頃の話。大宅壮一ノンフィクション賞、講談社ノンフィクション賞、ダブル受賞作の映画化である

鹿野さんは、幼少の頃から難病の筋ジストロフィーを患い、動かせるのはわずかに首と手だけ。二十四時間、三百六十五日、人の助けがないと生きてはゆけない。にもかかわらず彼は生きたいように生きている。映画では同じ北海道出身の大泉洋が、めちゃくちゃワガママで傍若無人な鹿野さんを、本物に成り切って魅せる、魅せる。

彼は病院を飛び出し、ケア付き住宅で大勢のボランティアに囲まれて生活している。「体は不自由でも心は自由に生きる」をモットーにしているから、ワガママで図々しくて、こういう人がいたら、果たして受け入れることができるだろうか、と思わせる。

私はこれまで弱者には温かい眼差しを向け、自分のできる範囲でサポートし、弱者はそれに感謝の心を持って受け入れる、のがボランティア精神だと思っていたが、そんなものは単なるきれいごとに過ぎないと、この映画で思い知らされた。身動きが取れない障がい者にとって、そんな甘っちょろい手助けでは生きてゆけないのだ。普通に生きることだけで大変なのだから。

彼を支えている大勢のボランティアの中へ、新人ボランティアとして高畑充希演じる美咲がやってくる。彼女は志高く介助を始めるのだが、いきなり夜更けに「バナナが食べたいから買ってきて」と言われ、呆然とする。しかし、健常者であれば夜中に突然食べたいと思うことはあるわけで、障がい者がそれを言うとワガママになるのはおかしいと鹿野さんは訴える。この理屈は私にとって「眼からウロコ」であった。健常者は夜中にコンビニへ行くことは可能だが彼にはそれができない。だから行ってくれて当然という理屈。この出来事がタイトルにもなっており、障がい者と健常者の認識の違いの原点になる。美咲はいくつものワガママを聞くうちついにキレて「障がい者ってそんなに偉いの？ほんとにサイテー」と言い残し飛び出してしまう。明るくて一途な女の子の高畑充希はハマリ役である。鹿野に反発しつつも、いつしか本もののボランティアに成長していく。

こう書くと、安手の人情ドラマっぽいが、鹿野さんの「障がい者であっても普通の人と同じ生活がしたい、それが悪いか」という理屈がわかっただけでも私にとっては大きな収穫であった。障がい者が「普通に生きたい」と願うのは一見、ワガママにも思えるが、「それって当たり前」と思わせるのが、この映画である。

彼は二〇〇二年、四十二歳で亡くなったが、現在、各地でスロープが付いた階段は当たり前のように見受けられるのも、彼らの「街へも普通に出たい」という訴えが徐々に実ってきたものであろう。彼らのお蔭でもある。

鹿野さんはボランティアに助けてもらっているだけではなく、介助を通して多くのことを教えもした。互いに支え、支えられながら、本音でぶつかり合うことで双方が成長する。そんな関係であることをも教えてくれたのである。

今は一応七十代で健常者側にいる私だが、いつ障がい者の仲間入りをするかわからない。その時、鹿野さんの気持ちがもっとよくわかるだろう。他人事《ひとごと》ではなく、明日は我が身と思えばなおのこと。

テレビは観るもの作るもの

先日、ケーブルテレビに出る機会があり、己が姿の見苦しさに卒倒しそうになった。お世辞で「若い、若い」と言われ、ついその気になっていたけれども、画面にはまぎれもなく「お婆さん」が映っていた。

知人に事の顛末を話し、「やっぱり年はハッキリ画面に出るね」と言ったら、「そこへいくと吉永小百合はきれいだね、同い年だっけ」と言う。冗談じゃない、あんな国民的美女と比較せんといてほしい。昔からテレビは太めに映ると言われていたから、「いやあね、太って映っちゃって」と言ったら、放送を見たという人から「普通に映ってみえましたよ」と言われ、実物もこんなモンだと思い知る。

しかも、喋りが遅い。これはもう東北・秋田県人のＤＮＡが入っているから仕方がないとはいえ、こうトロトロ喋られては番組担当者はさぞ、困ったことだろう。一言ひとことにハエが止まりそうなテンポである。

この二十年ほどはラジオ番組ばっかり書いているが、以前はテレビの制作現場にいて、番組の苦労を山ほど味わった。

ＮＨＫのふるさと自慢の番組『どんどんふるさとプラザ』の台本を書いていた時のこと。この番組は正午のニュースの後の二十五分間である。

岐阜県谷汲《たにぐみ》村を取り上げた時のこと。谷汲山華厳寺が西国三十三ヶ所巡礼の満願寺として知られており、その寺を中心に見どころいっぱいの村である。中でも、谷汲踊りはその雄大さ、華やかさで他を圧倒する迫力がある。番組のメインに据えようと決めた。

早速、「谷汲踊り保存会」の会長さんの元を訪ねた。会ってお話を聞き、番組冒頭でＮＨＫセンタービルの玄関前に勢ぞろいしてもらい、華やかなオープニングにすることにした。

昼の番組だが村の皆さんの局入りは七時前である。会長さんは村で出すバスには乗らず、自分で車を運転して行くと言われた。

「遠いですからお気をつけて、会長さんおいくつになられるんですか」

「九十二になります」

「……」

ご本人は出る気満々。いまさら、もっと若い方に、とも言えず、

「とにかく当日まで息をしていてくださいし」と、陰ながら祈る。

で、当日。この会長さんの弁舌はさわやかだし、青空の下「谷汲踊り」は勇壮に決まった。近隣のビルの窓という窓から顔を出した見物人が拍手してくれている様子をカメラがバッチリとらえ、この番組構成は大成功だと思った。

ところが、番組中、同じ谷汲村・横蔵寺のミイラのVTRを流したことにクレームが付いたのである。「食事時にミイラを見せるとは何事か」と。これだからして、NHKの番組は難しい。

もう一つ失敗談を。三重県の嬉野《うれしの》町の出演時に、方言の魅力を伝え損なったことがある。NHKの生放送は、本番までにドライ（位置決めなど）と、カメ入り（カメラが入った本格的的なもの）と二回のリハーサルがある。このリハーサルの時までは、出演する子どもたちは柔らかい三重弁を使っていた。

「ほんでなあ、母ちゃんがなあ」と実に温かな雰囲気が出ていた。ところが誰か大人が知恵を付けたのか、本番では、

「それで、おかあさんが」と妙にきっぱりとよそよそしい。リハーサルのあと、「このま

まの言葉でね」という念押しをしなかったばっかりに番組の魅力は半減してしまった。

このように、失敗は多々あったものの、番組を作るのは楽しい。最近のテレビはおもしろくないなどと言いながらも、観て良かったと思う番組がないわけではない。

今回のテレビ出演で私は、「テレビは観るもの、作るものであって、決して出るものではない」と肝に銘じたのであった。この年になっても学習することは多いものである。

二枚目半の中井貴一が美しい

フジテレビ系列のドラマ『続・最後から二番目の恋』を面白く観ている。

五十二歳の男と四十八歳の女、合わせて百歳の不器用な恋を描いたものだが、このタイトルには、「中年の恋、大いにけっこう。もう一度ぐらいチャンスはあると思うけれど、とりあえず最後から二番目ぐらいかな、この恋は！」といった意味が込められているのだろうか。

舞台は江ノ電「極楽寺」という鎌倉の駅である。鎌倉と言えば、世界遺産に登録申請したものの落選したのは記憶に新しい。主人公は市の観光推進課の課長として申請に尽力したが残念ながら敗れた男、という設定。事実をうまく取り入れ、さもありなんと思わせる。奥さんとは死別した、子持ちのヤモメの主人公を中井貴一が演じる。

もう一方の主役は、テレビ局の中堅プロデューサーというバリバリのキャリアウーマンだ。結婚もせず、仕事に賭けてきたカッコイイ女であるが、五十歳を目前にして「果たしてこれで良かったのか」と揺れる心境にいる。こちらを小泉今日子が演じている。

けっこう熟年ではあるが、まだまだ枯れるには早すぎる、といった微妙な年齢の二人である。

長倉和平（中井）は、古くから鎌倉に住む地味でまじめな公務員だが、両親を早くに亡くし、長男として、弟一人と妹二人の面倒をみてきた。しかし、物言いが説教くさいなど、弟妹からはあまり尊敬されていない。それでも彼はメゲることなく、主として皆をまとめようと努力する。ここらのギャップが何ともおかしい。

隣の古民家に越してきたのが、都会生活に疲れたドラマプロデューサーの吉野千秋（小泉）である。この二人はお互い好意を持ちつつなぜか歯車がかみ合わず、寄ると触ると言い争いになる。二人の心理や立場がよく描けており、リアリティがあるところだ。

脚本は岡田恵和。NHKの朝のテレビ小説『ちゅらさん』や『おひさま』『ひよっこ』を書いた人で、とにかく、セリフのおもしろさでは抜きん出ている。感情の行き違いあり、偶然のいたずらあり、ドタバタとドラマは進む。

最近、二枚目半の魅力でブレイクしている中井貴一が、ここでも良い味を出している。

私が彼の演技にユーモアのセンスを感じたのは、もう三十年も昔のこと。山田太一脚本の『ふぞろいの林檎たち』という名作ドラマであった。それまでの中井貴一と言えば、往年の二枚目・佐田啓二の息子で、端正なだけが売りの、ちょっとつまんないヤツと思っていた。

そのドラマの彼は、国際工業大学という名前は立派だが定員割れの四流大学に通っている「出来の悪い息子」という役どころだった。シャキシャキした母親から見ると、なんともはがゆい次男坊なのだが、妙に可愛いらしい。ここらに山田太一の「人を見る眼の温かさ」を感じる傑作だったが、母親役佐々木すみ江との掛け合いの中に、そこはかとないユーモアを感じ、「中井貴一の魅力はこれだ！」と、強く印象に残ったものである。

『最後から二番目の恋』は、シリーズ化されただけのことはある。まじめに市政に取り組めば取り組むほど、トラブルに巻き込まれる和平のおかしさは中井貴一ならではのもの。

和平と千秋の恋は周りをジリジリさせながら、今回も結ばれないのだろう。ただ、このジリジリ感が、拙速に事を運びがちな現代にあって、妙に微笑ましい。あせってカスを掴むのが世の倣《なら》いだそうだから、ここはじっくりと「恋の鞘当《さやあ》て」を楽しんで欲しい。

吾輩は難儀な男である

メル友くんからのメールの最後に、「お疲れの出ませんように」とあったので、「疲れは出てませんが、腹が出ています」と返信した。そうしたら、「腹がよじれるほど笑い、胃痛です」と返ってきた。彼は未だ、胃痛が治まらないそうで、気の毒なことをしたものである。

それはさておき、「胃痛」と聞いてまず思い浮かぶのは夏目漱石である。今年は漱石の没後百年に当たるそうで、彼が一時勤めていたことのある朝日新聞では、作品が順次、掲載され、特集記事がいくつも組まれている。

何を隠そう、私は高校時代には大変な「漱石オタク」であった。同じく漱石ファンの友達と、いっぱしの漱石論を戦わせていたものである。

ところが最近になって、新聞に掲載された漱石作品が読めない、理解できない、で全然面白いと思えないのだ。一番最初の掲載が『こゝろ』だったが、この作品が一番好きだったので、あな嬉しや、と読んでみたところ、まったく面白くない。よくこんな小難しい小説を読んで感動したものだと逆に感心してしまう。昔の高校生は賢かったのか、こちらが経年劣化したのだろうか、まったくついていけない。

そんな時、ＮＨＫドラマ『夏目漱石の妻』が放映された。活字では無理でもドラマならと思い、四話連続で観たが、これは面白かった。

「漱石の妻」と言えば、「ソクラテスの妻」も驚くほどの悪妻ぶりが有名であった。しかし、これは漱石側から見た妻・鏡子であり、実際には、物おじしない大した女性であったらしい。脚本の池端俊策は、鏡子が孫に言ったという、「いろんな男の人を見てきたけど、あたしゃお父様（漱石）が一番いいねぇ」という言葉を聞いて、「このドラマは書ける」と思ったそうであるが、作者の鏡子を見る目は温かい。

漱石は、頭脳明晰だが神経質、癇癪持ちで、いつも不機嫌。お嬢様育ちの天真爛漫な妻を悩ませる。些細《ささい》なことでキレ、時には暴力をもって妻に当たるという、まったくもって難儀な男である。あの千円札に出てくる、思慮深そうな漱石とのギャップは、甚だしいものと思われる。

しかし、彼がまったく冷たい人間かと言うと、そうではなくて、愛情の示し方がわからないのだ。生まれてすぐ養子に出され、先方の都合でまた戻され、さらに別のところへ養子に出されるという不幸な生い立ちの彼は、人のぬくもりを知らないで育っているのだ。

夫婦ケンカが絶えない毎日の中でも、二男五女をもうけているということは、仲の良い日もあったのだろうか。今で言うＤＶまがいの無茶苦茶な男だったにもかかわらず、ふと見せる優しさにほだされ、妻はついてゆくのである。

漱石は「小説を書いて暮らしたい」と念願しているのだが、暮らしのために英語教師になったり、イギリス留学をしたりするが、結果的には強度の神経衰弱を患って帰って来ただけで、イライラは募るばかりであった。

そんな中、『吾輩は猫である』で、小説家として脚光を浴びるようになり、ようやっと、暮らし向きが良くなる。

しかし、持病の胃痛が悪化し、のたうち回りながら傑作をものし、大量吐血の末、壮絶な死を迎える。享年四十九。残念だが、これが真の小説家の姿であろう。生まれが良くて、人格円満、健康的な小説家というのを私は知らない。何かしらの艱難辛苦《かんなんしんく》を抱えていなければ、小説など書けないものではないだろうか。

メル友くんは、漱石も同じ胃痛持ちと聞いて妙に喜んで、小説など書き出しそうな気配である。胃痛だから小説が書けるというものではないとメールしよう。

「一億総白痴化」の成れの果て

「ごめんなさい選挙とやらは飽きました」という川柳が「朝日川柳」に載っていた。この場合の選挙というのはＡＫＢ48の総選挙騒動をからかってのものである。こんなこと、大の大人がよく企画するよ、と思っていたので「思うことは誰も一緒だ」と意を強くした。

この件では、「日本は平和だね」と言う人と「ほんとにバカな国だね」と言う人がいる。私は「平和だけれどバカなヤツが多い国」だと思っている。

六月六日、武道館で総選挙とやらが行われた。これはグループの頂点に立つ「シングル曲のセンターポジションで歌う人」を決めるという、年に一度のスーパーイベントらしい。この投票権が彼女達のＣＤに付いてくるので、一人で何枚ものＣＤを買い、お目当てのメンバーに投票する。中には一人で二千七百票も投票したというおバカもいて、莫大な収益に繋がる。また、ＣＤの売り上げがそれだけあるということは、ヒットチャートの数字にも表われていて、一位、二位独占だそうである。商売上手なプロデューサー・秋元康の事務所はどれだけ儲かっているのだろう。

さらに腹立たしいのは、この総選挙の模様を三時間も生中継したテレビ局があるということと、瞬間最大視聴率二八％（ビデオリサーチ調べ）を記録したという事実である。ものは好き好きとはいえ、バッカじゃないのと思ってしまう私は偏狭なのだろうか。

テレビの草創期には、テレビで何が作れるだろう、何が伝えられるだろう、そういう制作者の熱意にあふれていた。まさに文化の担い手であるという誇りがあったと思う。

今も記憶に残る良い番組がいっぱいあった。ドラマでもバラエティでもドキュメンタリーでも、「へーェ」と新しい知識を与えられたり、考えさせられたり、感動させられたり、ほんとうにテレビは娯楽の王様だった。

予算の不足もあるだろうし、メディアの多様化などの問題もあるだろうが、基本的なテレビ局の姿勢に驕りがあるのではないか。特にキー局にそれを感じることが多い。

一方で、一般社団法人日本放送作家協会・中部支部のイベントでローカル局の番組を審査する機会がある。そこで観る作品には、とても熱意を感じられるのである。おそらく低予算、人手不足、いろいろなマイナス要因があるのだろうと思うのだが、一つのテーマをじっくりと追いかけ、地道に取材を重ねられた番組に、テレビならこその魅力を感じることが多い。

その昔、評論家の故・大宅壮一がテレビ文化を評して「一億総白痴化」と論じたことがあった。昨今のテレビ番組を観ていると、彼の先見性は確かだったと思うばかりである。AKB48の総選挙の批判から思わぬ方向へ行ってしまったが、元来、テレビ大好き人間の愚痴だと思って欲しい。

まあ、腹が立つなら観なきゃいいのだから。

三枝の脱皮

『新婚さん、いらっしゃい』という番組が好きで、日曜日、家に居る限りは観ている。ミーハーと言われようが、何と言われようが、好きなものは好きだ。放送開始が一九七一年だから、半世紀になる長寿番組である。朝日放送（名古屋ではメーテレ）制作。

私は長寿番組にはそれなりの魅力があると思っている。バカバカしいと思っても、いつの間にか観ているから不思議である。

司会は桂文枝と山瀬まみ。文枝はつい五年ほど前まで三枝という名前だった。男性司会者は番組開始からずっと文枝で、女性司会者は七代目の山瀬まみ。この人が一番相性が良くもう二十年になる絶妙のコンビである。

番組は、結婚三年目までの新婚さんに登場してもらい、馴れ初《そ》めから新婚生活までを訊《き》くというだけの他愛ないものだが、これがまあ、十人十色でまことにおもしろい。三枝が突っ込むと、今の人たちは物怖じせず、あけすけに喋る。長く観ていると、最近の新婚さん事情がよくわかる。あけすけに答えるのは妻の方であることが多い。

「どこで出会ったんですか」

「合コンです」

「出会ってその後どうなりました？」

「帰りに結ばれました」

「早すぎません？」

「このところ空き家だったんで」

ここで、三枝がイスごと倒れる。山瀬まみがイスを元通りに直す。

「空き家て、あなたいくつなんですか」

「十八です」

「誰か、代わって下さい」

と嘆く三枝。

次の新婚さんが登場する。夫たちは全体に押され気味である。

「どうですか、新婚生活は？　快調ですか」

「不調です。結婚してから一度もシテへん」

「あらご主人、どうしちゃったんですか」

と山瀬まみがヤンワリと突っ込む。彼女の話術も嫌みがなく見どころの一つである。

「私は早く子どもが欲しいのに、ヤルことをヤランもんで子どもができへん」

ここでまた三枝がイスごと転がる。山瀬まみがもどす、というお約束。この間合いが実におかしい。

先日、加山雄三が「うちはあの番組のファンで女房とずっと観てるけど飽きないいんだなぁ」と語っていた。加山雄三が観てるからどうということではないが、意外に観てる人は多い。

文枝は関西大学の「落研」出身で、卒業と同時に五代目桂文枝門下に入り、すぐに頭角をあらわした。常にテレビ、ラジオの第一線に立ち続けて数々の番組に出演。名を挙げたのは視聴者参加番組で、素人相手の当意即妙なやりとりは右に出るものがいないと言われてきた。

一方で、三百本近い創作落語を生み出したのは実に立派。さらにこの十五年ほどは「上方落語協会」の会長として（現会長は笑福亭仁智）、停滞気味だった上方落語を盛り上げ、天満天神繁昌亭という常設落語寄席を作り上げたのも大きな功績の一つである。三枝から脱皮して文枝という大名跡を継いだ彼の今後に期待しよう。

『新婚さん、いらっしゃい』で大笑いしたあとは、これまた長寿番組の『アタック25』を観ることにしている。こちらは大まじめなクイズ番組で、かなり頭が引き締まる。

『家政婦のミタ』を観た

テレビドラマ『家政婦のミタ』の最高視聴率は四〇％とのこと。確かにおもしろかった。開始当初、『家政婦は見た』というテレ朝系の人気番組にあやかってのネーミングかと、ちょっと気に入らなかったが、評判を聞いて観たところ、まったく別の個性があり飽きさせない。なんと言っても松嶋菜々子演じる「ミタさん」という家政婦のキャラクターが抜群で、斬新というか、オリジナリティがあった。

父の浮気が原因で、母が入水自殺をした阿須田家。今は四人の子どもと、リストラに遭いすっかり自信を無くしたダメ父が暮らす。

そこへやって来たのが「三田灯」という家政婦である。この家政婦は年中同じ服装をしていて、無表情、一切笑わない。しかし、家事能力は抜群で、どんなに阿須田家が汚れていようと、たちどころにきれいにしてしまうというスーパー家政婦である。無機質なロボットのような女性で、「承知しました」「業務命令でしょうか」などとクールなセリフを吐き、一見冷たいが、家族が必要とすることには必ず応えることで信頼されてゆく。

しかしミタさんは、いくら業務命令だと言っても笑わない。そこには、彼女自身の壮絶な過去があり、トラウマとなって彼女を苦しめていたからである。

やがて、ミタさんの努力により家族は一つになり、彼女自身の人生も再生されてゆくという後味の良いドラマだった。

一方、テレ朝系の人気番組だった『家政婦は見た』の方は、ちょっと好奇心の強い、どこにでもいそうなおばちゃんが主人公。典型的なおばちゃん顔の市原悦子が演じた。

週刊誌が喜びそうな、名家の醜聞を「名家も一皮剥けばこのとおり」と、さらけ出し、おばちゃんなりに、正義はどこにあるのかを解いてみせる。ときには、御曹司に見初められたと錯覚したり、大金が転げ込んでくるのを期待するが、最後には「骨折り損のくたびれ儲け」となるのがお約束で、庶民の一時の夢で終わる。これはこれで、なかなかおもしろかった。

よく、ドラマの主人公の条件として、「あこがれ」と「共感」が必要と言われている。私も、ドラマ作り講座では長年そう指導してきた。つまり、映像を通して「手の届かないような人を見てみたい」という部分と、「わかるわかる、その気持ち」という部分の両方が必要なのである。

その点で言うと、ミタさんは家政婦のプロとして、普通は言えないことを言い、魔法のように片付けてくれる。これは「片付けられない症候群」に悩む多くの女性にとってはあこがれである。そして、そこまで冷徹な家政婦になるまでには、暗い過去を抱えていたとすれば、「誰にでも悩みはある」と共感をもたれるのだ。

『家政婦は見た』の秋子さんなどは共感だらけで、あこがれは少ないように見えるが、どうしてどうして、あんなお屋敷に一度は住んでみたいとか、あんな金持ちになってみたいという庶民の夢を叶えてくれる。そして、それが、それほど幸せなことではないという結末も見せてくれるわけだから、そこに視聴者はカタルシス（浄化）を得られるのであろう。

話は逸れるが、一度は会ってみたいというスターさんたちに周りを取り囲まれる経験をした。脚本家の市川森一さんが亡くなり、青山葬儀所で行われた葬儀に参列したときのこと。なんと周りはスターさんだらけ、「綺羅《きら》、星のごとく」である。しかし、場所が場所だけに、写真を撮るわけにもいかず、名刺を交換するわけにも、握手をするわけにも、ましてやサインをもらうわけにもいかず、ただ黙って座っているしかない。「あこがれ」は、あまりに近すぎると手が届かないことを知ったのであった。

「最後に、首さ絞めてもいいですか」

倉本聰よ、どこへ行く？　そんな気持ちでドラマ『やすらぎの郷』を観ている。石坂浩二の元妻と元愛人が揃って出演していたり話題にはこと欠かないのだが、何だかおもしろくない。誰の何を書きたいのか、さっぱりわからない。この四月から始まり、九月いっぱいまで続くらしいが、どこでコースアウトしようか迷っている。もともと荒唐無稽な設定の上に、無理なエピソードを連ねてみても所詮はつまらない。一体どこに着地しようとしているのだろう。

倉本聰と言えば、代表作『北の国から』では、二十年もの間さまざまな問題を提起し、感動させた昭和の代表的脚本家である。「純」役の吉岡秀隆の訥々《とつとつ》としたナレーションを覚えておいでの方も多いことだろう。その倉本聰が満を持した作品で、これでもか、これでもか、と豪華キャストを配し、テーマソングは中島みゆきとくれば、大いに期待を抱かせるというのに、これは一体どうしたことだろう。野球でも四番バッターばかり集めても勝てないと言われているが、そんなところだろうか。

そこへいくと、同じく四月から始まったＮＨＫ朝のテレビ小説『ひよっこ』はとてもおもしろい。昭和三十九年東京オリンピックの頃の話である。国はオリンピック景気に沸きかえっていたが、この景気を支えていたのは地道な労働者たちだったのだ。彼らは皆、食べていくのに精いっぱいの時代であり、暮らしだった。

ちょうどそのころ、東京で学生生活を送っていた私は当時の様子に「そうだったなぁ」といちいち共感するのである。風呂なしは当たり前、銭湯の帰りにフルーツ牛乳を飲むのが最高のぜいたくだった。手編みのダサいセーターを着て、その上に綿入れのちゃんちゃんこを羽織り寒さをしのいでいたっけ。

脚本は岡田恵和、主演は有村架純。奥茨城から集団就職で出てきた少女たちが精一杯生きていく様子が描かれる。こういうと何だか暗くてパッとしない話のようだが、セリフが抜群に面白いし、それぞれのキャラクターがよく描かれている。作者の人を見る目の温かさだろうか。茨城弁と東北弁が飛び交う「女子寮」は、もめ事も多いし難儀な問題も勃発するが何とか解決させていく。ちっとも絶望的ではないのである。私たちの青春時代は、貧しかったが決して絶望的ではなかった。「明日を信じて……」と言うと、安ものの青春ドラマみたいだが、ほんとうに「明日はある」と思っていた。「今日よりは明日の方が良くなる」と思えた時代であった。

このドラマの見どころはいっぱいで、まず、桑田佳祐のテーマ曲がなんかウキウキさせる。そしてタイトル・バックの動画が楽しい。畳の上をバスが走ったり、食パンの上に人が立っていたり、のどかな田園風景を楽しく見せている。そして演技陣では、じっちゃん役の古谷一行とレストランの老婦人・宮本信子、このベテラン二人が実に良い。特に古谷一行の、寡黙だが力強く家族を支える演技が切なくて胸を打つ。こういうじっちゃんやばっちゃんがいて家族の潤滑油になっていた時代である。

会社が倒産し、少女たちは転職を余儀なくされる。一人ひとり寮を後にするとき、ある少女が寮母に「最後に首さ絞めてもいいですか」と訊ねる。これは、もう一人の東北から来たどんくさい女の子の首を絞めるという意味だ。寮母は止めないでうなずく。すると、少女はどんくさい女の子の首に腕を回し、すがりついて別れを惜しむ。この二人ならではの「お約束のじゃれ合い」ということを知っていたのだろう。すぐに気色ばむ現代と違い、五十五年前の日本は貧しいけれどこんな豊かな国だったのである。

社会のひずみを質《ただ》すなら

カンヌ国際映画祭でパルムドール賞を受賞した『万引き家族』を観た。映画そのものも良かったが、なんと言っても安藤サクラの演技が人智を超えたところにある。警察で涙を流しながら理不尽な社会制度を訴えるところでは、あまりの上手さに映画であることを一瞬忘れるほどであった。今年も数多《あまた》ある賞を総なめにすることは間違いないであろう。

監督は『誰も知らない』『そして父になる』などで、常に家族の問題を取り上げている是枝裕和。平日の昼間なのに、大きな劇場の「シンフォニー・豊田」が満席であった。「今日性」がよく描かれた作品で、是枝監督が社会的弱者を見つめるまなざしは鋭く、そして温かい。

都会のビルの谷間に社会から取り残されたような、今にも崩れそうなあばら屋に家族は住んでいる。老婆と息子夫婦、嫁の妹、子ども二人の計六人がひしめき合って暮らしている。この中で血が繋がっているのは老婆と息子、嫁とその妹だけ、他は寄せ集めである。六人も暮らしているのに定収入は老婆の年金だけ。あとは日雇い労働者の息子とパートの嫁、風俗で働く妹のわずかな収入で暮らしているが、景気の波は弱者にすぐ襲いかかってくるので、安定的収入ではない。だからいつも不足する。不足分は、父親が子どもとタッグを組んで「万引き」し、何とか食べているという貧しさである。

と書くと、非常に暗く淀んだような家族を思い浮かべるが、皆、仲が良いし、貧困につきものの暴力もない。あっけらかんと穏やかに暮らしている。食事も鍋なんかを囲んで楽しそうに、そして美味しそうにわいわい食べるのだ。

しかし、子どもが家業に疑問を抱き始め、ある行動を起こすことで一気に、この家族は崩壊する。辛いがこの結末しかないと思われる。

同じように社会の矛盾点をあぶり出したという期待の映画『妻よ薔薇のように　家族はつらいよⅢ』も観た。山田洋次監督の話題作で、さすがに手慣れた作りでキャストも豪華、「良い映画」であることはわかるのだが、予定調和の結末に何とも違和感が残った。例えてみれば「大山鳴動して鼠一匹」の感がぬぐえなかった。この収まりの悪さは何だろう。

ある三世代六人でくらす中流家庭の妻が、夫の無理解とあまりの家事労働の多さに嫌気がさして家出する。妻の願いとは「外で働いてみたい、フラメンコを習ってみたい」というささやかなものだが、夫は「年を考えろ」と取り合わない。そして四十代の妻は家出する。

親族会議の結果、夫が迎えに行くことになり、「俺にはお前が必要、いなきゃ困るよ」という甘い言葉と「薔薇の花柄のスカーフ」を持って迎えに行く。妻はホロッときて戻る。そして何事もなかったように、エプロン姿も甲斐甲斐しくお茶を淹れてメデタシ、メデタシというお話。

この程度の問題提起と結論なら、どこの家庭にも大なり小なりあることだろうし、何も映画館まで行くことはない。それが、「山田洋次監督がお届けする平成の名画」みたいな謳い文句だから腹が立つのだ。例えば、妻がフラメンコを踊りながら、夫を手のひらに乗せて帰るとか、もう少しハチャメチャなオチが作れなかったのだろうか。あまりの真っ当さに逆に驚く。

二つの映画を観て、つくづく山田監督の限界を感じてしまった。思うに寅さんが亡くなった時点で山田監督も第一線を退いた方が良かったのではないか（まったくの独断と偏見です）。

ちなみにダンスに年齢はない。私は七十の手習いで始めたが、足腰・体幹は鍛えられるし、ふらつくことがウンと減った私を見てほしいものである。

サクラ、恐るべし

映画『0・5ミリ』はとてつもない映画である。どう、とてつもないかというと、まず長いことが上げられる。三時間十六分は今どきの映画としてはとてつもなく長い。しかも休憩なしというのは我ら高齢者には、チト辛い。

しかし、退屈かというと、とてつもなく面白いので、眠くならない。したがって、とてつもなく疲れる。こういう映画をどう評価したらいいのだろう。

監督は奥田瑛二の長女・桃子、主演は次女のサクラである。改めて、今どきの「女子力」の高さを見せつけられた思いがする。

物語は、介護ヘルパー・山岸サワが、派遣先で事件に遭遇し、食と住まいを失うところから始まる。人生を道路に見立てれば、一種のロードムービーと言えるかもしれない。

さすらいのヘルパー・サワは、多少、問題を抱えたおじさんたちに取り入り、強引に家に入りこみ、とりあえず住む場所と食べるものを確保する。

このサワさんのキャラクターが面白い。いま世間で騒がれているような、お金目当ての女ではなく、あくまでも「住む所があり食べることができればいい」のだ。必要以上に欲がないところが、ドロドロした話をさわやかにしている。

サワが強引に取り入る男たちは最初、警戒しているが、次第に心を開いてゆく。例えば、息子夫婦と折り合いが悪く、ホテルに泊まるつもりなのに、なんとカラオケルームで交渉している男とは、一緒に歌ってやることで、一宿一飯にありつく。この男は、別れ際に感謝の意を込めて、着ていたオーバーをくれ、掌に一万円をにぎらせてくれる。このオーバーを彼女は最後まで着て登場してくる。

他にも、かなりの財産を持っていながら欲求不満から自転車のタイヤをパンクさせている男、元教師ながら、女子高生のエロ本を万引きしようとした男、自分の息子の出生の秘密が許せず、息子にＤＶを働いている男……。いやはや、みな難儀を抱えて生きている男たちばかりである。

サワはこの男たちの弱みを握り、家に入り込みはするが、生き方を非難したり、説教したりはしない。あくまでも家事を忠実にこなし、真剣に介護をして、とても重宝がられる。その、まなざしは柔らかく優しい。しかし、時にはヤクザをも追い払うほどの凄みをみせることもある、実に不思議な女性である。

この、サワ役の安藤サクラは、あどけなかったり、色っぽかったり、田舎くさかったり、スマートだったり、多彩な顔をもつ女を演じて素晴らしい。演技をしているのか、していないのかさえわからない。おそらく今年の映画賞の多くに名前があがってくることだろう。まさに芸能界のサラブレッドの資質を感じる。

タイトルの『0・5ミリ』という意味は、「ほんのちょっと、たとえ0・5ミリでも弱者に近づく気持があれば、みな寄りそって生きていける。老いも若きも、男も女も、強きも弱きも生きていける」、そんなメッセージだろうか。

この映画から学ぶことは多かった。「女だてらに」という女性蔑視の言葉を使うのはためらわれるが、安藤桃子監督の腕力は敬服に値する。

苦言を一言。やっぱり一度は休憩を入れてほしい。ノンストップ三時間十六分は、いかにも長尺《ちょうじゃく》である。この映画の言わんとする「0・5ミリ」だけ高齢者に寄りそってくれれば、同年代の知人にも「おもしろい映画だよ」と宣伝するのだが、若い女性って、「年を取るとトイレが近くなる」ことをご存知ないのだろうか。

すぐお隣のクラシック

漫画はあんまり、というタイプだった。

団塊の世代を境にして、その前の生まれの人間は、どうも活字の方がなじみが良いようである（偏見かもしれないが）。

そんな私だが、つい最近になって「漫画さん、ごめんなさい」という心境になってきた。『のだめカンタービレの音楽会』を春日井市民会館へ聴きに行ってからである。

スクリーンに漫画を映し出し、その絵とストーリーにマッチしたクラシックを、生のオーケストラが演奏するという、なかなか面白い企画で、会場は超満員だった。

ご承知の方も多く、今さらだが簡単に説明すると、『のだめカンタービレ』は、二ノ宮知子作の音楽大学を舞台にした全二十五巻の人気漫画である。

主人公は野田恵というずっこけキャラの女の子。本名は「のだめぐみ」だが、パッとしないので「のだめ」と呼ばれている。部屋はゴミ屋敷になっているし、成績も悲しい。これに引き替え、一年先輩の千秋真一は有名なピアニストの息子で、ピアノ科の優秀な学生だが、指導者や友人とうまくゆかず、本人は日本を抜け出しヨーロッパで、指揮の勉強をしたいと思っている。ところが飛行機恐怖症のため、渡欧することができないでいる。そんなイライラもあって、才能はあるのに性格は傲慢で極めて悪い。

その二人が、同じマンションに住むことになり、「のだめ」の一方的なあこがれであった「千秋先輩」と急接近したり失敗したり、他愛ないが笑える世界が描かれる。

特筆すべきは、この生演奏とのコラボ企画がなんと「かすがい市民文化財団」の小松淳子さんという女性だったということである。

話は十年前に遡る。『のだめカンタービレ』の熱狂的なファンだった小松さんが、この漫画が描かれる際の取材協力者として名を連ねていた世界的オーボエ奏者兼指揮者の茂木大輔氏を訪ね、懇願したところから始まったらしい。

二〇〇六年に、春日井市で生まれたこの催しは大評判をよび、その後、全国各地で同様のイベントが開かれた。その都度、春日井市の文化財団からは、小松さん始めスタッフ一同が出向き、スクリーンへ映し出す漫画の選別、音響、照明など、ソフト一式の貸出クルーとして活躍してきたという。春日井市の知的文化財産として認められてきたわけである。一地方都市の一女性が生み出したこの企画は、今や全国区で通用し、あちこちを駆け巡っている。

この小松さんの「意」を汲み、人気イベントに仕立て上げた茂木大輔という人も、えらいと思う。自分の指揮能力の未熟さを感じ、もう一度音大の指揮科へ入り直し、勉強したという情熱も然《さ》ることながら、私が一番感心したのは、司会術の巧みさである。プロの司会者でもこうはいかないだろうと思えるほど、スムーズで上手い仕切りをみせる。専門的な知識をまろやかな言葉で包んで、進行していく術は、クラシックの垣根を低くして心地よく楽しめる。

十年前の小松さんの粘り、受け止めた茂木さんの熱意のお蔭で我々は素晴らしい演奏を聴くことができるのである。

この三月と五月にも曲目を変えて『のだめカンタービレの音楽会』が開催される。特に三月は、我がエッセイクラブ会員の建部信喜さんが理事長を務められる中部フィルハーモニー交響楽団の演奏である。今度はどんなハーモニーを奏でてもらえるだろう。今回も、すぐお隣感覚で楽しめるクラシックを、ぜひ、聴きに行きたいと思っている。

ゴジラに学ぶ

一週間に二つの映画を観た。『怒り』と『シン・ゴジラ』である。二つともなかなかおもしろく、見応えがあった。

『怒り』は凝った作りになっていて、初めのうち、ちょっとわかりにくいが、次第にストーリーが見えてくると俄然、惹きこまれていく。

ある殺人事件が起き、その犯人探しのドラマなのだが、東京と千葉と沖縄で犯人らしい人物が登場し、コイツかな、いや、アイツかなと、三人とも怪しく思えてくる。

でも、書くのはここまでにしよう。犯人をバラしてしまったら、これから観る人の興味を削《そ》いでしまうから。

犯人探しではない部分で私が興味を持ったのは、渡辺謙の演技である。彼のこれまでの人物像は、強く、正義の人であることが多かった。今回の父親は、娘のために何とかしてやりたいのに何もできない男、という平凡な役である。娘のピンチにも、的確なアドバイスができるわけでもなく、オロオロと見守るしかないという普通の男を演じて、逆に新鮮で、味があった。

もう一つの『シン・ゴジラ』は荒唐無稽ながら、何かしら考えさせられる映画である。羽田沖で何か異変が起きている、というところから始まったこのドラマ。関係者の見解では「海底火山の噴火」「局地的な地震発生」という見方が多かった。しかし、長谷川博己《ひろき》演じる矢口蘭堂内閣官房副長官・政務担当は巨大な生物の存在ありと推測する。最初は一笑に付されていたが、海面から巨大な尻尾が現れ、矢口の「巨大生物存在説」が立証され、騒然とする閣僚たち。政府はその生物への対処法を巡り、右往左往する。

それにしてもゴジラの襲撃は凄まじい。特撮だとわかっていても、東日本大震災での津波に破壊されてゆく光景とダブり、妙にリアルである。

蒲田に上陸し、都心に向かって進んでくるゴジラ。いったんは海へ戻ったかと思うと、さらに強大に進化して引き返してくる。国側はあの手この手で向かっていくが、ことごとく撥ね返される。この当たりの攻防も見どころである。

このゴジラが通ったあとに放射能が検出されたことから、ゴジラと放射能との関係が明らかになっていく。そして、六十年前、各国が大量の放射性廃棄物を深海に棄てたことから、それをゴジラが食べたのではないかという仮説が立てられる。つまり、太古を生き延びた海洋生物が放射性廃棄物を食べて、強大な生物になったというものである。ゴジラは背びれなどから周りを焼きつくす熱を発する。しかし、血液流の中に冷却装置も持っており、自分自身は燃え尽きない構造になっている。矢口は、ゴジラ退治には、この「体内冷却システム」を強制停止させることが有効ではないかと考える。

しかし、米国はゴジラの処分には熱核兵器の使用を提案。日本政府は、熱核攻撃を容認し、これしかゴジラを滅ぼす方法はないと断定する。この辺りで昨今のキナ臭さの一端が窺《うかが》え、日本の行く末を暗示してみせる。

矢口は、凍結プランを確立するために奔走。手に汗握るところである。ついに、熱核攻撃開始のカウントダウンが始まる。そして……。

ここからは、怪獣もののお約束の展開で、矢口のプランが遂行され、さすがのゴジラも終焉を迎える。そしてあとには、「核には核を」では問題は解決しない、という明解なメッセージが伝わって終わり、ホッとした。

「現代社会が抱える問題」を描いた二つの映画を観て、多くのことを教えられた気がする。まさに、無能な政治家より二本の映画である。

「ゲイ」という個性

先月のエッセイクラブの課題は「みんなちがって　みんないい」というものだったが、自分勝手だったり、非常識だったりを擁護するというものではない。あくまでも「個性は尊重されるべき」という観点に立っての課題を提示したつもりである。

そういう意味で参考になる映画を観た。たいへんに個性的な父を持ったがために、なかなか大人になりきれないという男を主人公にした『人生はビギナーズ』である。

オリヴァーは三十八歳の独身男性である。アートディレクターとして仕事をバリバリこなすイケメンであり、恋愛など目を瞑《つむ》っていてもスイスイできそうなものだが、心に屈託を抱えていてはスムーズにいかない。というのは、彼の父親が七十五歳になって突然「ゲイ」であることをカミングアウトしたからである。四十四年連れ添った妻が亡くなった直後のことであった。

かなり厳格で古いタイプの父親だと思い込んで育ったオリヴァーは、父と母の間に生まれ育った「僕」ってなに?という疑問から抜け出せない。「そう言えば母は妙だった」「父と母の微妙なスタンスには違和感を覚えた」などと、子どもの頃からの記憶をたどっては、自分の存在の曖昧さに揺れていく。父親は、何もかも振り捨て「さぁ本当の人生を楽しむぞ」とばかり、カミシモを脱ぎ、刀を置き、ハシャギ回るのである。常識はずれの若々しいファッションに身を包み、若い恋人（もちろん男性）を従え、人生を謳歌する。ガンに侵され命にも限りある日々だというのに、イキイキと美しい。

反対に、若いはずのオリヴァーだが、恋愛にも臆病なところがあり、のめり込むことができない。うまくいきそうになっても、ささいなことで別れ、再び一人の道を選んでしまい悔やみまくる。

父との別れがやってくる。事《こと》ここに及んで、父親の最期のことば「ビギナーズ」が背中を押してくれ、もう一度、彼女とやり直そうと会いに行くところで、ジ・エンドとなる。

父のカミングアウトという決断がオリヴァーを苦しめもするが、あたらしい生き方に目覚めさせもする。人生は常に「ビギナーズ・初心者」なのだから、挑戦することによって道は開ける、と映画は教えてくれる。

この映画によって、父親役のクリストファー・プラマーが八十二歳にして初めてのアカデミー賞・助演男優賞に輝いた。表彰式のスピーチで、オスカーを手にしたプラマーは

「君と僕はほとんど同じ年なのに、今までどこにいたんだい」と、会場を沸かせたとのことである。あのミュージカル映画の傑作『サウンド・オブ・ミュージック』のトラップ大佐役の俳優と言えば思い出される方もおられようか。端正でユーモアのある役者である。

　ゲイというのも立派な個性である。「性同一性障害」という呼び方もある。自分は男であっても愛するのは女性ではなく男性を好む。異性愛ではなく同性愛者なのだ。これは尊重されなくてはならない。

　最近はずいぶんカミングアウトする人が増え、喜ばしいことだが、肉親の戸惑いはいかばかりのものだろう。父が母になったり、兄が姉になったり、息子が娘になったりするわけだから、かなりの覚悟が要ることだろう。

　このカミングアウトがしやすくなったきっかけは、サンフランシスコの市会議員に当選した「ハーヴィー・ミルク」が、ゲイ人権条例を制定したことが大きいと言われている。一九七七年のことである。それ以降、「間違ってはいない性」として徐々に認められるようになったものである。

　そうだ、昔、足が抜群に速かった私は「おとこ女」と言われていた。昔は失礼なことを平気で言っていたものである。

品良く参ろう

東海テレビ制作のドキュメンタリー映画『人生フルーツ』の端正な作りが心地よい。高蔵寺ニュータウンの設計に関わった建築家・故津端修一さんと妻英子さんの、あるがままの日常を追ったもので、真に豊かな暮らしとは何かを問いかける。ニュータウンは、結局、津端さんが思い描くような仕上がりにはならず、無味乾燥な大規模団地になってしまった。そこで、この団地内に自宅を建て、四十年に渡って理想の住まいを追い求めていったという。

東海テレビは、最初、この作品をドキュメンタリー番組としてオンエアし、日本放送文化大賞でグランプリを受賞した。その後、劇場映画として公開にこぎつけたものである。

津端家には玄関がない。ガラス戸を開けていきなり上がるのである。考えてみれば玄関というものは、なければないで済んでしまうものかもしれない。そういう常識に一つ一つ疑問を投げかけ、自分たちの考えを実践し貫く。昔のように、縁側に上がり込む感覚だろうか。

こざっぱりとした室内には、要所、要所に重厚な「松本の家具」が置いてある。これは娘さんからお孫さんへ代々受け継いでいってもらいたいとのこと。豪華ではないがお金を掛けるところには掛けてある。

一本、一本、家の周りには木を植え雑木林を作り、小鳥たちには水飲み場を与える。日当たりの良い場所には多くの野菜が繁り、果物が実る。そのための土作りには、生ゴミはもちろん、近所の公園で出る枯れ葉を何百袋も集めて活用する。生きとし生けるものの生態系を大切にし、そのサイクルにはとことん寄り添う。

この映画には格別のストーリーがあるわけではなく、まれに樹木希林のナレーションが入るだけ。「こういう暮らしをしている人がいますから、皆で覗いてみませんか」というようなスタンスには、押しつけがましさが一切無く、好ましい感じがする。

二年に渡っての、暮らしの佇まいが収められているが、途中、残念なことに、津端さんが九十歳で亡くなってしまった。それも畑仕事をしたあと一休みされている時、そのまま息を引き取られたとのこと。しばらくの間、亡骸《なきがら》は家族とともにあり、淡々とその死を受け止めてゆく。「生き切った」との思いがお身内にもあるのだろう。津端さんの潔い死は崇高でさえあった。

世に豊かな人は多いと思われるが、品の良い豊かさを感じさせる人は意外に少ない。

実は私、十年ほど前に津端家を取材させてもらい、その生き方、考え方の品の良さに深く感銘を受けたことがある。その折りのおもてなしは自家製のお茶とお菓子であった。お茶は畑で採れたナタ豆を煎じたもの、お菓子は乾燥フルーツがいっぱい入った、英子さんお手製のパウンドケーキであった。漬け物、ベーコンなどもすべて手作りされる。畑や庭など、あちこちを見せていただきながら、我が家でもマネができるかも、と思った。枯れ草も掃除せずに取っておこう。雑草も活かそう、などと心に秘めて帰った。

しかし、今や枯れ葉と雑草だらけの庭になり、いっこうに品のある豊かな暮らしにはならない。英子さんにいただいた糸から染めた手織りのマフラーを眺めながら、所詮マネをしてみても、志がなければただのゴミ屋敷を作っただけ、と知ったのである。

権力者をこそ嗤《わら》う　品良く参ろう（Ⅱ）

社会風刺コント集団「ザ・ニュースペーパー」のライブ公演を観た。初めから終わりまで笑いっぱなしの二時間である。

まず、時の人・安倍首相をまな板にのせる。

「就任早々、株は上がる、円安になる、実力発揮というところですね、どんな手をうたれたんでしょう」

「なーんにもしてません」

ここでドッと笑いが起きる。確かに彼が手を打ったというより「打つかも知れない」段階から株は上がり始めた。「自分の手柄で！」と思っているのは安倍さんだけで、世の多くの人は、

「何でこうなるの」と思っている。

「何もしないのが首相の仕事なんですか」

「そうです。何かすると叩かれますからね」

と、あっけらかんと言い放つ。

「そうですよねーえ」

と記者。その馴れ合い方がおかしくてまたドッと沸く。

という具合に、時の政権を形態模写、声帯模写でおちょくるのが持ち味である。

「ザ・ニュースペーパー」のライブに出かけるのは二度目である。一度目は、あの東日本大震災の日。春日井市民会館での公演だった。

あの日、私は確定申告の提出書類を作っていた。計算は大の苦手。わずかばかりの足し算にもかかわらず、何度そろばんを入れても合わない。一つの足し算につき五回そろばんを入れて一度でも同じ答えになれば、それを正解にするという手間の掛かることをしていた。朝から始めて午後の二時半過ぎ、やっと一段落し、やれやれ終わったと肩をグルグル回していた。と、その時、大きくめまいがした。ついに頭へきた！と思った。すると、無声音で点けていたテレビ画面に「東北地方に強い地震がありました」というテロップが流れた。「ああ、地震だったんだ」と思っただけで、あんな大災害が起きていたとは夢にも思わなかった。出来上がったばかりの申告書を持って、郵便局まわりで春日井市民会館へ急いだ。

お客の入りは半分ほど。まだまだ彼らの人気は浸透してないんだと思い、ちょっと残念に思っていた。

始まってすぐ、「こんな日にお出かけいただいて」という挨拶があったので、かなり酷《ひど》かったのだろうとは思ったが。

あとで聞くと、メンバーの中には東北出身の人もいたとのこと。よく「役者は親の死に目にあえない」と言うが、ほんとうにそうである。

その時は皇室ネタもあった。今ほど皇太子妃がバッシングを受けていない頃のネタで、やんごとなき一族へ入ったキャリア女性が戸惑うコントに大笑いした（今はリアル過ぎてできないであろうが）。

このコント集団の真骨頂は、徹底して「時の権力者」をからかうことである。弱者をからかうことは決してしない。それが観ていて爽快なのだ。小泉政権、鳩山政権、安倍政権、小沢一郎など、俎上にのぼる人たちは皆、何らかの力を持っている人たちばかりだ。だから、からかわれたってへっちゃら、堪えない。

その点でいくと、テレビのお笑い芸人の弄《いじ》り方が観ていて不愉快になるのは、標的になるのは弱者だからである。貧乏であったり、不細工であったりを嗤《わら》うのがそんなにおもしろいとは思わない。笑いの中にもルールがあって、そこに品の良さがなければ、ただのいじめと変わらないのではないか、と私は思う。

そこは『雪国』だったが……。

もう十五年ほど前のことだが、御園座二月公演『雪国』を観た。「国境の長いトンネルを抜けると……」で始まる川端康成の名作の舞台化である。脚本は菊田一夫。

今回目新しかったのは、深町幸男の演出である。NHKの名作ドラマ『夢千代日記』を手掛けた人といったら思い出される方も多いだろう。詩情、余韻などを漂わせる演出には定評がある。映像出身の演出家らしく、舞台転換は　映像で説明。まるで映画館にいるような気分になったが、雪国の旅情がうまく表現されていて良かった。

舞台美術も重厚な雪国をつくり出していた。豪雪地帯の雪は生半可なものではないだけに、白い布一枚で、きちんと雪の厚みが出ていたのには感心した。親が秋田県人だったせいか、厚みのある雪が好きだ。DNAが騒ぐのだろう、毎年雪が見たくなる。昨年も厳寒の白川郷へ行ったし、今年も富士山麓へ行った。とまあ、雪に対しての思い入れが深い私にも、この舞台の雪は十分に堪能させてくれた。

原作よし、演出よし、美術よし、で、面白い芝居だったかというと、そうでもなかった。原因は二つあった。一つは、主演の二人にあまり魅力を感じなかったということ、もう一つは後ろの席のおばさん連れがうるさかったこと、である。

主演の駒子役に十朱幸代、島村役に西岡徳馬。今まで岸恵子、岩下志麻、三田佳子など、いろいろな女優が駒子を演じてきた。十朱のは、最も明るく、屈託のない駒子像だったが、何だか収まりが悪い。ワガママを言わせてもらえば、十朱の声は、私がイメージする駒子の声ではないような気がするのだ。特に若い時代のキャンキャンした声は、苦労して作っているのだろうが、耳に障った。画家の島村役の西岡徳馬も、あまりパッとしなかった。金は無いわ、約束は破るわ、格別ハンサムでもない、こんな男に惚れるアンタが悪い、と思えてきた。反面、脇を固めた役者は良かった。淡路恵子の情念をにじませた先輩芸者しかり、妹役の南野陽子しかり。松葉杖をささえに立ち上がろうとする南野陽子の演技には思わず固唾《かたず》を飲み、印象に残った。

今回最大の不運は、後ろの席のおばさん連れに集中力を削《そ》がれたことにある。

「松村達雄の声がきこえーせんがね」と、大きな声をお出しになる。

——アンタが黙れば聞こえるんだってばと、言葉を飲み込む。

「ちょこっとのマに、ようけ積もったねえ」と、雪景色を見ておっしゃる。

——ひと晩経ったっちゅうの、と教えてあげたい。

「十朱てゃあ、四十過ぎかね」

——何をコクやら。まもなく還暦のはずですけど……。

と、こんな調子で観劇にちっとも身が入らない。

そのうち静かになったと思ったら、一人がイビキをかき始めた。

「アンタ、もったいないねえ。一万円の席だに、はよ起きやー」

「あんまり面白いもんで、眠たなってまったがね」

ふーん、芝居は面白いと眠くなるとは知らなんだ。そんなこんなで、感動の少ない『雪国』になってまったがね。

タフなバレリーナ

「男もすなる日記《にき》といふものを女もしてみむとて、するなり」

これは紀貫之が女性になり代って書いた日記と言われている『土佐日記』の一説である。ということは、それまで女性が文章をものすということはあまりなかったのだろうか。その後、半世紀もしないうちに、紫式部やら清少納言やら、後世に残る女房文学が花開いた。紀貫之は女性に凌駕される時代が来ると予感して先取りしたのだろうか。だとすれば凄い先見性である。

現代においては、むしろ女性の方が文章を書きたいという人が多くなっている。エッセイ講座も毎年、女性が半数以上を占めている。

また、これまで男性の職場と言われていた電車の運転手や車掌職に女性の姿をよく見かけるようになった。常々、電車を担いで走るわけではないし、そんなに腕力は要らないと思っていたから女性がいないのが不思議だった。近年徐々に増えており大変喜ばしいことである。また、女性にはイザという時の決断力がないから向いてない、という意見もあるが、男性にすべて決断力があるかと言えば、そんなことはない。

逆にかつては女性の職業と言われ、「看護婦」さんだった職業が、今や「看護師」さんと言われ、男性がチラホラいて、男性ならこその優しさを発揮し始めている。介護現場など、ほんとに男性が多くて頼もしいし、けっこうイケメンが多い、と言うより、いきいきと魅力的に働いている人が多い。男女の垣根は確実に低くなっていると感じる。なりたい職業に就けるという、大変良い時代になった。紀貫之風に言えば「いと、あらまほし」ということであろう。

話は変わるが、先日、男性だけのバレエ団「トロカデロ・デ・モンテカルロバレエ団」（通称・モンテカルロバレエ団）の公演を観に行ってきた。プリンシパル（トップバレリーナ）と言えば女性を思い浮かべるが、本格的な芸術というものは男でも女でも美しいものだ、と思った。

一度、観たい観たいと思っていながら、チケットが買えなかったり、日にちが合わなかったりして観られなかったのだが、今回は早くからチケットを確保し、日本特殊陶業市民会館で観ることができた。

大笑いしたり、感動したり、はたまた仰天したり、噂に違わぬ面白さだった。

最初はチュチュ（バレリーナの短いスカート）を穿《は》いて登場してくるだけで笑えた。肝心のところで滑ったり転んだりして笑わせる。しかし、面白いだけかというと、本格的な『瀕死の白鳥』なども見せてくれ、こちらはいたく感動する。この辺りの緩急の付け方が上手いというか、エンターテイメントとして絶妙である。

思えば日本の伝統芸術の「歌舞伎」などでも女形の美しさは女性よりも凄みがある。舞台で観る限り、玉三郎を超える美しい女性をまだ観たことがない。息をのむ美しさである。

プリンシパルの男性は、国際コンクールで賞を獲ったこともあるそうで、足が一八〇度上がるし、白鳥の羽のような腕の動きもできる。観ているうちに男なのか女なのか意識しなくなった。しかも男性なので力強く、キレが良い。お笑いの要素もあるにはあるけれど、適度に品が良く、グロテスクな感じはまったくなく高い芸術性には大いに満足した。

私も、男とか女とかの枠を越えた世代になったせいか、ドンドンじいさん化が進んでいる。昔、カルーセル・麻紀が「甥や姪に『おじちゃんだったおばちゃん』と言われた」と笑わせていたが、私とて、おばあちゃんだったおじいちゃんと呼ばれる日が遠くないような気がする。

芸術の秋、決意の秋

九月は立て続けにコンサートに出かけた。

一つは中部フィルハーモニー交響楽団のクラシック、もう一つは歌手すぎもとまさと（作曲家・杉本真人）のライブであった。

中部フィルはこの地区では数少ないプロのオーケストラであり、力量は定評のあるところだ。クラシックを論じられるほどの耳はないが、年々、自信を付けてきているのではないか、そんな気がする。プログラムの中では、ラフマニノフの『ピアノ協奏曲第二番ハ短調』に一番感動した。ピアニスト松田華音を迎え、その力強い演奏に圧倒された。華奢な体のどこにそんな力が蓄えられているのか、と思うほどエネルギッシュであった。演奏が終わっても拍手鳴り止まず、何度も何度もステージへ引っ張り出され、ついにはアンコール曲を弾いてくれた。観客の皆が同じ思いで拍手をしたのだろう。ラフマニノフが心に響いた九月の夜だった。

その二日後に、すぎもとまさとの歌とトークのライブコンサートに行った。作曲家としては杉本真人を名乗り、ちあきなおみや因幡晃の楽曲を手がけたことで知られる。因幡晃の『忍冬《すいかずら》』という好きな歌があるが、これも杉本真人の作曲だということがわかってなるほどと思った。

歌手としての彼が一躍名を知られるようになったのは、『吾亦紅《われもこう》』であろう。生で聴くのは初めてのこと。絞り出すように歌うその姿には、ほんとうにしびれてしまった。

歌詞の概略を言うと、

――田舎の山裾に母親が一人で住んでいた。仕事にかこつけて何年も訪ねないでいるうちに、母親は死んでしまった。息子は、一人、墓に額《ぬか》ずき「あなたに、あなたに謝りたくて」と線香を手向ける

という、切ない初老の男の歌である。

我らと同年配の男たちは、高度経済成長を支えた企業戦士として同じような思いをしてきた人が多い。まさに「孝行のしたいときに親は無し」である。そして、

――かつて母は、親を気遣う暇があったら自分を生きろ、と諭《さと》していた。息子は、もう定年も間近になって、「オレ、来月離婚するよ。やっと自分を生きられるようになった」と、墓前に報告する

というところで歌は終わる。すぎもとまさとの塩辛声で聴くと泣けてくるのだ。やはりこれは男の歌であり、どんなに歌の上手い女性歌手が歌ってもこの味は出まい。

栄のアートピアホールは補助イスが出るぐらいの超満員だったが、見事に、団塊の世代あたりのオジサン、オバサンたちであった。定年過ぎにならないと、この気持ちはわからないのだろう。実際に四十代の息子たちに、この歌どう思う?と訊いてみても「ふつう」と言う。まるで気のない返事をする。

歌や映画に出てくる息子たちは押し並《な》べて親孝行だが、現実にはなかなか厳しいものがある。

やはり私は、自力でカンオケへ飛び込むしかないのではないか、と覚悟している。

二つのコンサートに酔いしれながら固く決意した秋であった。

原作か映画か、勝ったのはどっち？

映画『蜜蜂と遠雷』の演奏シーンはまさに圧巻で、生の演奏会でも滅多にないほどの感動を受けた。本当はプロの演奏家が弾いているのだが、あたかも俳優自身が演奏していると錯覚を起こすほどの熱演である。

直木賞と本屋大賞をダブル受賞した恩田陸の小説の映画化である。作者は「映画化は無理」と思っていたと言われるが、私の感想は「小説はおもしろいが映画はもっとおもしろい」であった。本にはない映像と音がプラスされており、おもしろくないわけがない。小説の良さが抜群であることは言うまでもないが。

小説は完成までに十年を要したという。その取材の仕方、経過を幻冬舎の担当者が語っているが、あきれるほどの取材ぶりである。

よく「ライターは足で書け」と言われる。取材を徹底しろというような意味だろうか。私も若い頃はほんとうによく取材した。番組作りにも、記事を書くにも、とにかく現場の中から拾うことを肝に銘じていた。

しかし、恩田陸の本作の取材ぶりそのものが、一編の小説になるのではないかと思われるほど常識外れのものである。

ピアノコンクールの世界を描くために、三年ごとに開かれる「浜松国際ピアノコンクール」を二〇〇六年から二〇一五年までつごう四回の取材を行っている。

コンクールは毎回、二週間の日程で行われるが、その間、ひたすら演奏を聴くだけだそうである。コンクールの舞台裏とか出演者のエピソードとか小説のネタになりそうな取材は一切せず、ただ鑑賞する。二週間、朝の九時から夕方の五時、六時までずっと聴く。気の遠くなるような鑑賞の仕方だが、そのひたむきな姿勢があったればこそ、『蜜蜂と遠雷』という傑作が生まれたのだと納得がいく。

映画は、天才少女と言われながら母親の死をきっかけに表舞台から姿を消して七年になる亜夜《あや》。ジュリアード音楽院で学んだ音楽エリートのマサル。正規の音楽教育を受けてはいないものの、そこにピアノがあれば弾かずにはいられないほどの天才・塵《じん》。サラリーマンでもあり、最後のコンクール挑戦と位置づけている明石《あかし》の四人を中心に描かれる。

この四人はコンクールのライバルでありながら対立する関係ではなく、互いを思いやる優しさを持っているのは、それぞれに何かしら屈託を抱えているからであろうか。出場者である前に互いをリスペクト（尊敬）する関係である。これはとりもなおさず、作者の音楽に対するリスペクトにほかならない。

亜夜とマサルは幼なじみであることがわかり、マサルは心を病んだ亜夜にさりげなく寄り添う。亜夜と塵は音楽に対してお互い響き合うところがあり、『月光』を連弾するところなど、熱く胸に迫る。サラリーマン演奏家の明石は自信をなくすが、妻の理解で覚悟を決める。

四人のうち明石だけが二次予選で敗退するが、やり遂げた明石の満足感が伝わってくる。いよいよ本選。本物のプロの演奏家の演奏に、役者は身振り手振りだけの出演である。これが凄いのだ。本物の演奏会場にいるような錯覚に陥る。オーケストラの指揮者、演奏者との一体感、臨場感など素晴らしい。この演奏だけでも映画を観る価値があるのではないかと思われる。ありふれた言葉だが「一粒で二度美味しい」という思いでいっぱいになる。

今も、演奏風景が頭の中で渦を巻いている。

原作も映画も、ラストシーンでコンクールの結果のみが表示される。この終わり方がまた潔い。

ギャップの魅力

さだまさしのコンサートに行ってきた。

一度はナマで！と思いつつ、彼のコンサートチケットは即日完売が常、なかなか入手が困難で果たせずにいた。今回はツテがあってようやく念願かなったものである。

テレビなどで流されるライブ中継では何度も観たことはあったが、臨場感が違うし、熱気を肌で感じ、ナマはナマの感動があった。

休憩なしの二時間四十分、歌ありトークありで飽きさせない。小柄な体躯から繰り出されるエネルギッシュなステージライブにすっかり魅せられてしまった。もう満腹である。

彼の曲想は哀しみを滲ませた暗い感じのものが多い。親を裏切っているという苦しみであったり、嫁ぐ前の不安であったり、何かしら切なさを歌っている。声がまた曲によく合っていて、客席をしんみりとさせる。

ところが歌が終わってステージに明かりが入った途端、「……と、殊勝なことを歌っておりますが、私は反省なんて全然しないタチなんで」と言って笑わせる。

「あ〜あ〜あ〜あ〜、う〜う〜う〜う〜……」と、『北の国から』のテーマ曲を歌って、あの名作を思い起こさせておいて、「こんな楽な作詞の曲はありませんでした。「あ」と「う」しか使わないんですから」と笑わせる。その絶妙な間合いに客席がどっと沸く。

一流の歌とトークが楽しめ、会場を出るときの充実した気分はたまらなかった。

さだは「人生は明るく、歌は暗く」をモットーにしていると笑わせるが、彼の実生活は明るいだけではなかったようである。

少年期には実家の商売が傾き、お屋敷から長屋へ引っ越すという悲劇を味わっている。そんな経済状態の中で続けさせてもらったバイオリンは途中で棒を折ってしまうし、やっと食べられるようになった頃、中国を描いた映画『長江』を制作し、三十億という莫大な借財を負う。今はネタにして沸かせているが大変なことであったろう。

同じように、少年隊・東山紀之の自伝『カワサキ・キッド』を読み、今までの「ヒガシ」の印象との落差は強烈であった。

あの端正な面差し、ストイックな言動などから受けるイメージと実際の生い立ちにはもの凄いギャップがあったのだった。暴力と貧困の中で育ち、アイドルの座に着いてからも親が作った莫大な借金に苦しめられる日々、すべてを精算できたのが、つい最近のことだと言う。そんな事実を抱えながらも、誰を恨むでもなく「すべて肥やしにして今の僕がある」と、神様のようなことを言う彼。

二人とも、莫大な借金を返済するために遮二無二はたらく。

さだまさしの場合は、四〇〇〇回に垂《なん》んとするステージをこなしてきた。多い年には一六二回ものコンサートを開いている。ということは、ざっと計算しても一日おきに舞台に立っていたことになる。借金返済のためとはいえ、とんでもなく大変な数字である。

東山もまたしかり。歌とダンスと役者、なんでも挑戦、なんでもこなす。腹筋一日一〇〇〇回とか、体脂肪四％とか、メタボ知らずである。商品としての自己管理は徹底している。四十歳をとうに過ぎた今も二十代の体力と体型を維持していると聞く。

「艱難汝《かんなんなんじ》を玉にす」という言葉があるが、この二人を見ていると、なるほどと納得がいく。

華やかな表面の裏側に困苦をあわせ持っているというギャップこそが、魅力を作っていると言えるのではなかろうか。

文章においてもそれは言えると思う。幸せなだけの人の文章ほどつまらないものはない。ひとつまみの塩が入らないお汁粉《しるこ》を食べさせられているようで、全然うまくないのである。

やさしい文章の書き方

■やさしい文章の書き方

文章を書くのは難しいと思っていませんか

ここ二十年あまり、毎年、かすがい市民文化財団主宰のエッセイ講座で講師を務めてきましたが、講座の初日は、みな一様に硬い表情で、「文章に取り組む」という勢いで来られます。けれども、そんなに頑張らなくても、言葉が話せれば書けるんだ、ということがわかると、また一様に表情が和んできます。結果、文章を綴るのはそんなに難しく考えることはないんだ、と楽しくなってくるようです。十回の講座で、そこそこ良い文章が書けるようになってきます。

どうして難しいと思ってしまうのでしょう

これは、いきなり美文・名文を書かなければ、という気負いがあるからではないでしょうか。大作家の名作を読んで、文章は斯くあるべし、と思ってしまっていませんか。けれども、名作というのは大体、読みやすく簡潔に書かれていることが多く、いわゆる美文・名文を意識して書かれていることはあまりないように思います。結果として名作の文章は

「名文」だという印象を与えているだけだと思います。恐れることはありません。

では、良い文章とはどんなものでしょう

私は、書き手の思いが読み手に正しく伝わること、だと思います。ということはわかりやすい文章であることが一番大切ではないかと思っています。わかりやすく書く。そして使い古された表現ではなく、その人の見たもの、感じたものを書いてゆく、そうすれば、その人らしい良い文章になると思います。つまり、その人にしか書けないことを、誰にでもわかるように書くことが一番重要ではないでしょうか。どうすればわかりやすく書けるかは、別のページに述べていますから、参考になさってください。

大きく構えて書かない

よく、大上段からいきなり論じてしまう場合がありますが、小さいことに目を向けて書き出された方が、人の共感を得られやすいと思います。例えば「乳飲み子との別れ」を描くときに、ああ今生の別れ、涙は滝のように流れ……ではなく、背負われた子どものお尻が兵児帯の間からぽこっと出ていた、とか、手をニギニギして別れを楽しむかのように見

えた、とか、筆者でなければ気づかないような小さなことを、感情過多になりすぎないように書くと良いと思います。

■レッスン・カリキュラム

1 基本的な原稿用紙の書き方

□□□□□□□□□□□□□□□□□□□□
□□□ただ、ただ、一途だった人□□□□□□
□□□□□□□□□□□□□□□□□□□□
□□□□□□□□□□□□□□芳賀倫子□□
□□□□□□□□□□□□□□□□□□□□
□□□□□□□□□□□□□□□□□□□□
□私の「池田詣で」、その心とは……。□□
「山あいの町の子供たちに、一度でいいから
大海を見せてやりたかっただけなんじゃ」□
という蔦監督の言葉を確認したかっただけ、
ただ、それだけのことだった。□□□□□□
「阿波の大バカモノ」と言われながら、「さ

↑2行目にタイトル。

↑1行あけて著者名（下を2マスほどあけます）。

↑2行あけ本文。段落つけて書き出し。（カッコは一番上のマスにします）

わやかイレブン」の時代、「やまびこ打線」
の時代、蔦監督は、常に魅力あるチームを作
って甲子園にやってきた。その原点にあった
のが先の言葉だ。□□□□□□□□□□□□
「どんな山あいの町なんだろう」□□□□□
□新聞の切り抜きをいっぱい持ってやって来
たオバさんに、池田町の人は、とても親切だ
った。これで私の気も済んだ。□□□□□□

↑カッコ内句読点なし。
↑改行段落（文章の途中で行を変えるときは改行段落と言って、1マス下げます。

20文字×20行の原稿用紙を想定しています。

基本的な原稿用紙の書き方ですが、今はメール文や広告コピー文などのように、書き方も多様化しています。

2 わかりやすい文章とは

①難しい言葉、難しい漢字を使わない（判決文、議事録など）。
②ひらがな、カタカナ、漢字のバランス良く（見た目の良さも大切）。
③抽象的か具体的か（国会の答弁・前向きに善処など、無意味なことが多い）。
④例えは的確か（〇〇のようなもので……、多方面に幅広い知識がないと使えない）。
⑤飾りを少なく、饒舌でなく（まずはシンプル イズ ベストで）。
⑥ムダをそぎ落として、中身を濃く。
⑦事実だけでなく、自分の気持ちが反映されているか。
⑧書く場所に合っているか（相手のニーズに応えているか）。社説と家庭欄。
⑨会話や方言の効果を利用する（人柄や雰囲気を伝えることができる）。
⑩自分の目で見、耳で聞き、鼻で嗅ぎ、舌で味わい、肌で感じたこと（五感＋第六感）。
⑪テンポはいいか（声を出して読んでみる）。
⑫句読点を正しくつける（意味がかわることがある）。
⑬視覚的に浮かんでくるか（絵として想像できるか）。

⑭接続詞の用法を的確に（逆の意味になることもある）。
⑮主語と述語が合っているか（あれもこれも書こうと欲張ると食い違ってくる）。
⑯ユーモアをさりげなく（笑わせるということだけでなく、文章の機知もふくめて）。
⑰行き当たりばったりでなく、構成されているか。よく推敲されているか。

〈2の解説〉

①裁判所の判決文や議事録などによくあるような、難しい漢字や硬い言葉を使わず、なるべく平易な言い回しにする。
②漢字が多いと見た目が黒っぽくなり、かといって平仮名ばかりでは返って読みにくい。カタカナが多いと軽薄な文章になりがち。カタカナは外来語、動植物の名前、ちょっとふざけたときに使うと便利。
③抽象的な言葉は、国会の答弁によくあるように「前向きに善処します」とか具体性に欠けるのでキチンと目に浮かぶよう、具体的に。
④わかりやすい例に置き換えて説明するときに便利。
⑤装飾過多は返って見苦しいもの。効果的な修飾を心がける。

⑥とりあえず多めに書いて、ムダやダブっているところを削り中身を充実させる。
⑦ただ事実を羅列するだけでは魅力が出ません。作者の心情を加えて。
⑧求められている文章の傾向を掴んで。わかりやすく言うと、新聞においても、政治欄と家庭欄では言葉遣いやリズムが違うように、文章のＴＰＯを考えて）
⑨会話や方言は文章に血を通わせる方法としてとても良い。
⑩自分の五官で感じた五感を大切に。借り物のことばではなく。プラス第六感の心情を。
⑪文章を書いたら必ず声に出して読んでみる。そうすれば読みにくいところには必ず不備が潜んでいることがわかる。
⑫句読点を正しく付けないと読みにくいし、意味そのものが変わってくることがある。
⑬視覚的に浮かんでくる文章はとても読みやすいし、読む人を楽しくさせる。
⑭文章と文章を繋ぐ接続詞はとても重要。同じような文章を繋ぐときは順接の接続詞（そして、その上、など）を使い、論旨の違うものを繋ぐときは逆接の接続詞（けれども、しかし、など）を使う。
⑮あれもこれも一文の中に収めようとすると、主語と述語が食い違ってくる場合あり。一度、バラバラに文章を区切り、改めて文章を繋いでみる。

⑯ユーモアをさりげなく使うと微笑ましく感じられる。しかし、単に笑わせる、という意味ではなく、文章の機知であったり、比喩であったり、ゆとりを感じさせるものでありたい。

⑰文章を書き終わったら、何度も何度も読み返し（声に出して）、推敲してみることが大事。構成はこれでいいか、筋は通っているか、読んでみないとわからない。

3 句読点のつけ方

句点……「。」（マル　終止符）
・文章を終わりたいときにつけます。
・一つの文章（センテンス）が長すぎると、途中で何が言いたいのか、わからなくなることがありますから、二つ、三つに区切るとわかりやすくなります。

読点……「、」（区切り点）
・はっきりとしたきまりはありませんが、読みやすくするために区切るしるしです。
・わかりやすく、誤解されないよう、語句と語句の関係をあきらかにしたり、リズミカルにしたりする役目もあります。

4 文章の中で使われる記号・符号

「。」　マル、句点、終止符

「、」　テン、区切り点、読点、カンマ

「・」　ナカテン、中黒、ナカボツ［並列（例　東京都知事・小池百合子）など］

「？」　疑問符、ハテナマーク、クエスチョンマーク、耳だれ

「！」　感嘆符、ビックリマーク、エクスクラメーションマーク、雨だれ

「＝」　イコール、二本棒

「……」　点線、3点リーダー（一マスに3つ、通常は二マス分）［などなど、のときなど］

「――」　中線、長棒、ダーシ、ダッシュ［間をとるときなど］

（　）　マルカッコ、パーレン［注釈、心の声・陰の声など］

「　」　カギカッコ［セリフ、一括りにしたいとき］

『　』　二重カギカッコ［固有名詞、セリフの中のセリフ］

〝　〟　ヒゲカッコ、ヒゲ、チョンチョンマーク［強調、注意を引きたいとき］

□□□□（傍点）　傍点［強調、注意を引きたいとき］

・セリフ（会話）は「　」でくくる。
・書名、映画などの固有名詞は『　』でくくる
・「　」の中にもう一つ他のセリフが入る場合は『　』でくくる。
・「　」の中に、句点はつけない（昔はつけていた）。
・……」という疑問の助詞をつけずに疑問文にしたいときは、疑問符をつける。たとえば、……なの？」　……わからない？」などと。

5 文章の成り立ちと起承転結

文章の成り立ち

文章の基本形（文型）――主語・述語（○○が△△する）
・単文――私は旅立つ（主語・述語が一つずつ）
・複文――私は彼が旅立つのを見送る（一つの単文の中に他の単文が含まれているもの）
・重文――私は旅立ち、君は留まる（単文が二つ重なって出来ているもの）

基本の文型に修飾語が付き、各符号が付き、文章が成り立っていく。

文章の構成（組み立て）

家を建てる時の設計図のようなもので、これがないと結局、何が言いたいかわからない文章になりがち。起承転結で構成するのが一般的である。

起――筆を起こす、すなわち書き出しのこと。アイ・キャッチ（目をひく）の要素があ

るといい。なにか切り口となるものを
承――起を受けて話を展開する
転――何を書きたいのか、本論を持ってくる。起と承は、転から逆算して書いても良い
結――結論付ける。また余韻を持たせる

文章を読みやすくするために
段落を付ける――考え方、物の見方を変える際に改行段落を行う。
　400字詰め原稿用紙で2〜3の段落があると読みやすい。

起承転結をつける　　例『楕円《だえん》の悪戯《いたずら》』
【テーマ】
人生、予定通りには進まない。また、そこが面白いところではないだろうか。
【起】　切り口を決める。

切り口として、ラグビー観戦を選び、周辺情報を記述していく。どういう事情でラグビーを観るようになったか、またやっと観戦できた喜びなど。さらに、貧弱なラグビー知識でも、生で観戦するという「臨場感」は、この上なく楽しいもの。すぐに、気持だけは「ラグビー通」になれること、など。

【承】　スムーズに「転」へ持っていくための展開。

このスポーツ観戦の醍醐味を教えてくれたのは母であること。スポーツ少女だった私のために、母はどこへでも連れて行ってくれたこと。真夏の高校野球観戦でも、真冬のマラソン大会でも、どこへでも出かけてくれた。では自分は親としてどうか。振り返ってみると、恥じ入るばかりであること、など。

【転】　いよいよ本題へ入る。

ラグビーボールの楕円の形が、実は数々のドラマを生みだしているのではないか。これを「楕円の悪戯」と捉え、決して悪いことではなく、早稲田はそのお蔭で勝てたのではないかと仮説を立てる。とはいえ、これはあくまでも素人観戦者の戯言ゆえに、ゆめゆめ本気にしないように、あくまでもオチャラケた屁理屈として聞いて欲しいこと、などを。

【結】結論であったり、余韻であったり、詠嘆であったり。
「楕円の悪戯」と母を結びつけ、決して世間で言う「あらまほしい母親像」ではなかったけれど、ある意味ではもっと評価されてもいいのではないか、とオマージュを込めて、親不孝娘の償いを。最近とみに七十代で亡くなった母のことが偲ばれてならない。母の死んだ年に近づいてきたせいもあるのだろう。詠嘆を込めて結びとした。情緒過多避けるためにサラッと短く（ああ、母よ、母よ、にならないように）。

では、「楕円の悪戯」を起承転結で構成してみます。

【起】

関東大学ラグビー・リーグ最終戦「早稲田対明治」を観戦した。野球は早慶戦、ラグビーは早明戦、数々のドラマを生んできた伝統の一戦である。まもなく取り壊される国立競技場での最後の早明戦ということもあり、超満員である。場内へ入った途端、両校応援団によるエールの交換があり、一瞬にして五十年前の学生気分に。

連れて行ってくれたのは大学のスキーサークルの仲間で、一緒に富士山へ登った山男クンたちである。毎年、声をかけてくれてはいたが、十二月はライターにとって地獄の日々、とても出られる状態ではなかった。今年はたまたま別件で上京せざるを得なくなり、ついでに観戦することができた。

これまでも「早明戦」だけは毎年、テレビ観戦を続けていた。華麗なステップの松尾雄治、とてつもない快足の吉田義人など、なぜか明治のかつての名選手を思い出す。個人の能力の高い明治と組織プレーが得意な早稲田の違いだろうか。と偉そうに言っても、私自身は「パスは後ろにしか出せない」というルールを知っているぐらいで、それほど詳しいわけではない。

【承】

私はとにかくスポーツ観戦が好きだ。その臨場感、一体感、熱気、これらは会場へ足を運んだ者にしか判らない。これが堪えられないのだ。その原点は「母」にある。試合が観たいと言えばどこへでも連れて行ってくれた。

家が高校野球の名門・中京商業（現・中京大中京）の隣だったせいか、「中商」を応援していた。毎年、地区予選の決勝は七月末の一番暑い時期に鳴海球場で行われていた。いくら暑くても、遠くても、決勝に中商が残っていれば必ず、球場まで出かけて行った。

鳴海駅前で焼きトウモロコシを買い、食べながら球場まで歩く。いくら温暖化が問題になる前だと言っても、夏が暑かったことに変わりは無い。しかも炎天下での試合観戦はさぞ苦痛だったに違いない。しかし、決して嫌だとは言わず、むしろ、積極的に行きたがっていた。

野球だけでなく、大相撲にも、バレーボールにも、マラソンにも、どこへでも行った。そう、そう、「熱田さん」の元朝参り《がんちょうまい》りにも同行してくれた。日頃はまったく不信心なくせに、入試の年には「神頼み」が欠かせない私のために、紅白歌合戦が終わると同時に立上がり、昭和区から熱田区まで歩いて行くのだ。成績の良かった姉たちは、冷ややかに「そんな暇があったら勉強した方がいいんじゃない」と言っていたが、私と母は完全として歩いた。

私も人の親となり、子どもが行きたいという要求に応えてやれたか、というと甚だ疑問である。暑い、寒い、疲れる、などを理由に渋ってばかりだったような気がして恥じ入るばかりである。

【転】

話をラグビーに戻すと、圧倒的に明治のボール支配率は高かったにもかかわらず、得点は十五対三で早稲田が勝った。その勝因は……。

専門的なことは判らないけれど、楕円形のボールがとんでもない方向へ弾み、早稲田ボールになること再々で、「楕円の悪戯」によって勝てたような気がする。もっとも、山男クンたちにそんなことを言うと一笑に付されるだろうから何も言わなかったが、私はそう思った。

ラグビーの面白さは、じつはあの楕円のボールにあるのではないか。脇に抱えて走るにも、後ろへパスを出すにも、あの形が絶妙で、「偉大なる楕円形」という気がする。

【結】

私の母も、楕円が悪戯するように、突拍子もないところがあった。それ故、優等生の姉たちからの評価は低かったが、私は、そんな母親だったからこそ、今の自分があると思っている。

6 書き出しの名文

書き出しの文章はとても難しいものです。逆に出だしさえきまれば、展開は比較的スムーズに行くと思われます。過去の名作と言われるものは書き出しで惹きつける魅力があります。

巧い書き出し

○新鮮なことばづかい
○内容を暗示し、引き込ませる魅力を
○アンチから入る方法もある
○リズムよく

沢村貞子『味噌汁』より

浅草の路地の朝は、味噌汁の香りで明けた。
となり同士、庇と庇がかさなりあっているようなせまい横町の、開けっ放しの台所から、おこうこをきざむ音、茶碗をならべる音、寝呆けてなかなか起きない子を叱る声──

—、その中をくぐり抜けてくるご飯のおこげの香り、そして、それをみんな包むように、ふんわりと、味噌汁の匂いがただよってくる。

与謝野晶子　『君死にたまふことなかれ』より

あゝをとうとよ、君を泣く、
君死にたまふことなかれ、
末に生まれし君なれば
親のなさけはまさりしも
親は刃をにぎらせて
人を殺せとをしえしや
人を殺して死ねよとて
二十四までをそだてしや。

夏目漱石　『草枕』より

山路を登りながら、こう考えた。
智に働けば角が立つ。情に棹させば流される。意地を通せば窮屈だ。兎角に人の世は住みにくい。

川端康成　『雪国』より

国境の長いトンネルを抜けると雪国であった。夜の底が白くなった。信号所に汽車が止まった。

向側の座席から娘が立って来て、島村の前のガラス窓を落した。雪の冷気が流れ込んだ。

司馬遼太郎　『新史　太閤記』より

夕景になると遠山がかすむせいか、濃尾平野は哀しいばかりにひろくなる。この国は森と流れが多い。聚落に尾張独特の淡く紅いもやがこめはじめ、旅人たちの足は散るように早くなる。

『平家物語』より

祇園精舎の鐘の聲、諸行無常の響きあり。沙羅雙樹の花の色、盛者必衰のことはりをあらわす。おごれる人も久しからず、唯春の夜の夢のごとし。たけき者も遂にはほろびぬ、偏に風の前の塵に同じ。

『方丈記』より

ゆく河の流れは絶えずして、しかももとの水にあらず。よどみに浮かぶうたかたはかつ消え、かつ結びて、久しくとどまりたるためしなし。世の中にある人とすみかと、またかくのごとし。

向田邦子　『父の詫び状』より

・つい先だっての夜更けに伊勢海老一匹の到来物があった。
・ほんのかすり傷だが久しぶりに怪我をした
・生まれて初めて喪服を作った。
・写真は撮るのもむつかしいが撮られるのはもっとむつかしい。
・留守番電話を取りつけて十年になる。
・この間うちから、蝦蟇口の口金がバカになっている。
・歩行者天国というのが苦手である。
・お正月と聞いただけで溜息が出る。
・お伽噺というのは大人になってから読むほうが面白い

綿矢りさ　『蹴りたい背中』

さびしさは鳴る。耳が痛くなるほど高く澄んだ鈴の音で鳴り響いて、胸を締め付けるから、せめて周りには聞えないように、私はプリントを指で千切る。細長く、細長く、紙を切り裂く耳障りな音は、孤独の音を消してくれる

7 神は細部に宿り給う

小さな何気ない表現の中に、作者の思いを込めることができます。

・いつの間にか、兄嫁の唇には真っ赤な口紅が塗られている。（なかにし礼『兄弟』）

兄の度重なる失敗で、肩身の狭い思いをしてきたであろう兄嫁が、珍しくニシン漁で大儲けした兄を見つめるところの描写です。

「ほらごらん、私の夫はやるときはやるんだから！」という誇らしい思い、女房冥利に尽きる思いが表われています。

五官を働かせ、五感につなげて表現する

・視覚
・聴覚
・嗅覚

・味覚
・触覚
・心情（第六感）

使い古された表現ではなく、自身の五官でキャッチした感覚を五感に変え、表現すると、作者らしさが表われます。そして、五感プラス第六感と言われる作者の心情を書き込むことで、より微妙な心理を表現することができます。

ものを見る目・視点を高く

難しい言葉や凝った表現で文章のグレードを上げようとするのではなく、世の中を見る目を養い、基本的な物の見方やセンスを磨くことが大切です。

日記とは違う

読む人の身になって。（独りよがりにならないように）

8 タイトルは作品の顔

タイトルは、人間で言えば顔にあたるものです。魅力的な顔を持ちたいもの。

読んでみたくなるタイトル

・内容を暗示している
・ありふれた言葉を新鮮な使い方で
・リズム感をつける
・パンチをつける……おおっ！と思わせる
・アンチもあり……おや？と思わせる

本棚から魅力のある書名をピックアップしました。

思い出トランプ　　鞄に本だけつめこんで
砂のように眠る　　黄金を抱いて翔べ
真夜中の匂い　　サラダ記念日

今日もいい塩梅　　ぼくらの時代
青春の門　　何でも見てやろう
限りなく透明に近いブルー　　なんとなくクリスタル
太陽の季節　　もの喰う人々
患者よ　癌と闘うな　　蹴りたい背中
ビートルズが呼んでいる　　90歳、何がめでたい！
99％の会社はいらない

タイトルをちょっと変えてみました。（エッセイ講座での例です）
「思い出の歌たち」……………「いつも隣に歌があり」
「秋の旅」…………………………「あーあ、心が洗われる」
「祖母の愛そして教育観」……「祖母は難儀を与え賜う」

9 言葉は生きもの

誤解されやすい言葉

「まごにも衣裳」――孫ではなく、馬子です。ですから七五三の時などに使うのはNGです。

「濡れ手であわ」――濡れ手で掴むのは粟であって、泡ではありません。粟なら思いがけず、たくさん掴めますが、泡だと消えてしまうので逆の意味になります。

「他山の石」――対岸の火事と混同されがちですが、たとえ、よその山とは言え、多少の関わりをもっているものです、と言う意味です。

「流れに掉さす」――流れを加速させる意味ですが、流れに逆らう、との逆の意味にとらえている人が多いです。

「情けは人のためならず」――情けを掛けるのはその人のためにならない、と解釈している人が過半数を超えていますが、本来は情けは人の為に掛けるのではなくて、いずれ巡り巡って自分の所へ戻ってくる、という意味です。

「気のおけない人」――油断のならない人、と解釈している人が多いですが、本来は気を遣わなくてもよい人、という意味です。

「かわいい子には旅をさせよ」――昔の旅は難儀なことが多く、子どもには苦労させよ、という意味ですが、今は、かわいい子どもには海外旅行も惜しくはないとか。

「住めば都」――どんな所も住んでみれば、良い所を発見できるものだ、という意味だったのですが、いまや、住むんだったらおしゃれな大都会よ、断然！みたいに使う。

「鳥肌が立つ」――嫌な人に会うと、寒さボロが出る、という意味ですが、最近では「鳥肌もののコンサート」、みたいに感動したときに使います。

「キラ星のごとく」――「キラ星」ではありません。キラは綺羅という絹織物です。昔、侍たちの陣羽織に使われていました。ずらりと並んだその様は、綺羅が星のごとくに見えたそうです。

「誘拐された可能性もあり」――可能性とは、うまくいく確率のことなので、犯罪などで言うには違和感あり。恐れもあり、危険性もあり、などに。

消えつつある言葉

「閑話休題《かんわきゅうだい》」――さてさて、という意味ですが使われなくなりました。

「竹馬の友」――竹馬に乗って一緒に遊んだ幼友達ですが、竹馬そのものがなくなり……。

「塗炭の苦しみ」――燃料がガスや電気になり、炭やタドンで焼かれる苦しみがわからない。

注意して読んでほしい言葉

「借家に住む・遺言を書く」――専門用語では「シャッカ」「イゴン」と使うことあり。

「手練」――しゅれん。熟練の技。

「手練手管」――てれんてくだ。「狎《な》れた」という良くない意味。

「涙をかみ殺す」――涙をこらえる。

「視線」――目線（カメラ目線　芸能界用語）。

「幕間」――幕の間（まくあい）。

「遺影の写真」――語の意味が重複している。

「犯罪を犯す」——語の意味が重複している。（罪を犯す）
「被害を受ける」——語の意味が重複している。（被害に遭う）
「とんでもございません」——「とんでもない」で一語。敬体に変化しない。（みっともない、たよりない、と同じ）

最近生まれた言葉

「耳をダンボに」（漫画から）
「目がテン」（漫画から）
「……とか」（断定しない、自信のない表れか）①ケーキとか食べて ②手とか、つなぐ？
「……みたいな」（断定しない、自信のない表れか）
「……じゃないですかぁ」（断定しない、自信のない表れか）
「私って……な人」（自分のことなのに客観的に表現）「私って、お肉食べない人じゃないですかぁ」
「超むかつく」

「激辛」「爆睡」
「面と向かって」（パソコン以外のときに使う。電話にも使う）
「食べれる、見れる」ら抜き言葉（可能の助動詞の一部を抜いたもの）
「……してあげる」（自分より目下であっても、動植物にも使う）
「チンする」（電子レンジを使用すること。今は「チン」とは鳴らないが、言葉が市民権を得てしまった）
「なにげに」（何気なくの意）
「おカバンの方、お預かりします」（物を断定しない）
「……になります」（……です、と言わない）
「微妙」（ほとんどの場合、否定的な意味だそうです）
「マジで」（ほんとうに、の強調）
「生きざま」（生き方、生き様《よう》で事足りるが、昭和50年ごろからマスコミで使われ始めた）
「全然〜（ある／する／できる）」（肯定で使われる。戦前には使用事例あり）
「語尾上げ」（半疑問形）——人の反応を窺いながら話す。

文章作法、次のステップ

むだを省き、すっきりした文章を心掛けたのち、次のステップとして、独自の表現、物の見方、などを盛り込み、その人の個性を持った文章をめざす。

[著者略歴]
芳賀 倫子（はが　みちこ）

早稲田大学卒業。シナリオライター。

テレビ・ラジオのドラマや構成のシナリオ執筆多数。戯曲の脚本多数。ＮＨＫ文化センター（シナリオ講座27年）名古屋高年大学・鯱城学園、滋賀県・レイカディア大学、春日井市民講座等で講師を務めている。

2008年より春日井市「日本自分史センター」で講師・相談員。

著書に「駅前５分の味な店」（風媒社）、「ＮＨＫやきもの探訪 第２巻」（共著・風媒社）。

日本放送作家協会会員、日本脚本家連盟員。

装幀・澤口 環

すべって、ころんで、さあタンゴ！

2020年3月25日　第1刷発行　（定価はカバーに表示してあります）

著　者　　芳賀 倫子

発行者　　山口　章

発行所　名古屋市中区大須1-16-29
振替 00880-5-5616 電話 052-218-7808
http://www.fubaisha.com/
風媒社

＊印刷・製本／モリモト印刷
乱丁本・落丁本はお取り替えいたします。

ISBN978-4-8331-5370-6